# 神奈川県警「ヲタク」担当
# 細川春菜6　万年筆の悪魔

鳴　神　響　一

# 神奈川県警「ヲタク」担当　細川春菜6

## 万年筆の悪魔

# 目次

主要登場人物

細川春菜——神奈川県警刑事部刑事総務課捜査指揮・支援センターの専門捜査支援班に所属する巡査部長。三〇歳、身長一五二センチで、時に女子高生に見間違えられるほどの童顔。富山県砺波市の実家は庄川温泉郷の旅館「舟戸屋」。

浅野康長——刑事部捜査一課強行七係主任、警部補。四〇歳くらい。筋肉質で長身。バツイチ。

赤松富祐——専門捜査支援班班長、警部補。経済・経営・法学系担当。

尼子隆久——専門捜査支援班、巡査部長。人文・社会学系担当。

大友正繁——専門捜査支援班、巡査部長。工学系担当。

葛西信史——専門捜査支援班、巡査部長。理・医・薬学系担当。

佐久山隆介—「ステーショナリー・サクヤマ」オーナー。

藍原秀人——登録捜査協力員。会社員。

寺崎詩織——登録捜査協力員。イラストレーター。

浜尾泰史——登録捜査協力員。公務員。

# 第一章　別荘地の事件

## 1

九月も中旬に入っていたが、横浜の暑さはちっとも衰えていなかった。

細川春菜《ほそかわはるな》の三人の同僚たちは炎暑にもめげず今日も外に昼食に出ていた。

反対に庁舎内は今日もエアコンがきつく、ブラウス一枚だけだと風邪を引きかねない。

スーツ姿の捜査員が多いフロアだからなのだろうか、真相はわからない。

春菜は朝から黒スーツの上衣を脱ぐこともなく仕事をしていた。

班長の赤松富祐《あかまつとみひろ》は出張に出ていた。もうすぐ顔を出すだろう。

専門捜査支援班の島はガランとしていた。

春菜は神奈川県警刑事部、刑事総務課の捜査指揮・支援センター内の専門捜査支援班に所属している。この班では、捜査を進める上で必要となった専門知識を、各分野の研究者などから収集する職務を担っている。

従来は、刑事部の各課や捜査本部、所轄刑事課などで個々に問い合わせていた内容を、この班のメンバーが専門家に照会しているのである。

それぞれに大学院などで専門知識を修めた同僚たちは変人ばかりだ。しかも、弁当や服装をからかうなど春菜へのイジリを趣味としている。

春菜が昼食の支度を考えていると、デスクで電話の呼び出し音が鳴った。

嫌な予感とともに春菜は受話器を取った。

「はい、専門捜査支援班の細川です……」

「どうなってるんだ？　わたしは貴重な時間を割いて待っていたんだぞっ」

いきなり怒鳴り声が響いた。

耳が痛い。春菜は受話器を離した。

「失礼ですが、どちらさまですか」

春菜は丁重な声で尋ねた。

「神奈川学院大学の割ヶ嶽《わりがたけ》だ」

脅しつけるような低い声で割ヶ嶽は名乗った。

名前だけは知っている大学教授だった。

「ご迷惑をおかけしております。うちの担当は誰でしょうか」

「尼子《あまご》だっ。あいつは一一時半に来ると言っていたんだぞ」

嚙みつかんばかりの勢いで割ヶ嶽教授はわめき散らした。

すっぽかしたのか、あり得ない……。どこかキツネに似ている尼子の顔を思い浮かべて、春菜は内心で舌打ちした。

尼子隆久《たかひさ》巡査部長は人文・社会学系の学者担当だ。

「まことに申し訳ございません。尼子はただいま席を外しております。席に戻りましたら、すぐにお電話させます」

春菜は受話器を手にしたまま、頭を下げ続けた。

受話器からは自分がどんなに忙しいかという苦情が次々と飛び出してくる。

「わたしはこれから所用で出かける。電話は二時以降に研究室にくれ」

春菜の返事を待たずに、電話はガチャンと切れた。

ちいさくため息をついて春菜は受話器を置いた。

よりによって昼休みに掛かってきた厄介な電話のせいで気分は台無しだった。

おかげで食事を取る時間がすっかり遅くなってしまった。

今日の春菜は弁当を持って来ていなかった。

昨夜、サブスクで映画を見ていて夜ふかしをした。そのせいで寝坊して弁当を作り損ねたのだ。

春菜は県警本部庁舎内のコンビニで冷凍パスタを買った。弁当は美味《おい》しそうなものが残っていなかったし、外食は好んでいなかった。

刑事部のフロアには冷凍冷蔵庫も電子レンジも置いてある。

同僚たちが帰ってくる前にさっさと食べてしまおう。

弁当イジリの代わりに、なにを言われるかわからない。

レンジでパスタをあたためて、自分の席に持ってきた。

さぁ、フタを開けようと思ったとき、胸もとのVゾーンが気になった。

以前、この席で同じようなトマトソースのパスタを食べているときに、ブラウスの胸もとにトマトソースを飛ばしてしまった。

贅沢は言えないが、コンビニの樹脂フォークは使いにくい。

そのときはクリーニングでなんとかなったが、同じ愚は避けたかった。

春菜はバッグから一枚の大判ハンカチを取り出した。

ブルーに黄色い小花が散らしてある。値段のわりにはきれいなハンカチだった。

三角ドレープ巻きにして、春菜は用意万端整えた。
フィルムを剝がすとトマトのいい匂いが漂った。
春菜はアイボリーの樹脂フォークを手にした。
そのとき出入口に同僚たちの人影が現れた。
間に合わなかったようだ。
「戻りましたよ」
尼子の声が響いた。
春菜は反射的に顔を上げて、尼子の顔をまっすぐに見据えた。
電話のせいで、昼休みが台無しになったことを訴えるつもりだった。
割ヶ嶽教授に怒鳴りつけられた不快感は消えてはいなかった。
「あらあらあら、春菜さぁん」
だが、尼子の隣で大友《おおとも》が素っ頓狂な声を上げた。
春菜はイタチを思わせる大友の顔に視線を移した。
大友正繁《まさしげ》巡査部長は工学系の学者担当だ。
「今日はまた素敵なご趣向のコスプレですなぁ。キュビズムとはねぇ」
大友は春菜の顔を見てニヤニヤしている。

また、大友たちのイジリが始まった。今日のネタはなんだろう。

「おお、今日はピカソではないですか！」

尼子が負けじと声を張り上げた。

ピカソだと……なにを言っているのか。

春菜は啞然《あぜん》として言葉を出せなかった。

「そうですとも、パブロ・ピカソの『緑色のマニキュアをつけたドラ・マール』のコスプレとは予想もつきませんでしたよ」

打てば響くように大友がはしゃぎ声を出した。

「たしかにドラ・マールを思わせますね」

タヌキ顔の葛西《かさい》が、春菜の顔とスマホとを見比べながら感心したような声を出した。

葛西信史《のぶふみ》巡査部長。理・医・薬学系の学者と医師等の担当である。

「意味がわかりませんけど」

春菜は素っ気なく答えた。ピカソの名は誰でも知っている。だが、春菜はこの連中とは違って、ピカソの作品タイトルなど『アヴィニヨンの娘たち』『ゲルニカ』『泣く女』くらいしか知らない。

いま大友が口にしたが、キュビズムと言えばいいのだろうか。あの不思議な視点で描いたシュールな顔に自分が似ているというのか。

「ほら、この絵ですよ」

葛西はスマホを春菜の目の前に掲げて見せた。

「えーっ、これですかぁ」

あきれ声とともに、春菜は画面に見入った。

黒い上衣を着た女性が、描かれている。著しく大きな瞳で少し左を向いた顔は、中心線からいくらか別の角度で見た感じでズレている。

右の瞳は正面を見つめ、左の瞳はいくらか左の方向を眺めている。

頬に添えた右手と横に伸びた左手の爪は、タイトルの通り緑のマニキュアで飾られている。

モデルはアップにしているが、編み込んだ黒髪をトップに持っていっている。

美容院に行く暇がないので、春菜は少し伸びた髪をひっつめているが、まるで違う。

キュビズムなのかどうか知らないが、モデルの女性はかなりデフォルメされて描かれている。

顔全体が前方に出ている感じで頭部は小さく、まったく写実的な絵ではない。

とにかく……。

「ちっとも似ていませんけど」

春菜は口を尖らせた。

絵画に関してなんの知識もない春菜だが、自分の顔を再構築されてはかなわない。

「コスチュームだってそっくりですよん」

大友が春菜の服に目をやって笑いを浮かべた。

「似てません。だいたい、緑色のマニキュアなんて買ったこともありませんし」

爪を保護するために透明マニキュアは使っている。プライベートでも淡いピンクくらいしか使わない。

似ているのはモデルが黒い上衣を着ていることと、Vゾーンに描かれているブラウスらしきものが春菜が首に巻いたハンカチと少しだけ似た意匠だということくらいだ。

だが、同僚たちの春菜イジリは、ちょっとしたことで妙ちくりんな言いがかりをつけてくるのがデフォルトだ。

教養ヲタクの三人は、春菜が芸術や文学などの知識をあまり持っていないことをからかいたいだけなのだ。あらかじめ対策を講ずることはきわめて困難だ。

春菜はVゾーンを守ろうと、ハンカチを巻いたことを悔いていた。

「いやいや、知性的《インテレクチャル》で精力的《エナジエティック》な雰囲気がよく似ておりますよ」

尼子がウキウキとした口調で言った。

春菜はまじめに返事をする気になれなかった。

「そうですよ、細川さんはドラ・マールにも負けない知的な容貌をお持ちですよ」

葛西がのんびりと言い添えた。

「ドラ・マールって誰なんです？」

春菜の問いに尼子は身を乗り出した。

「本名、アンリエット・テオドラ・マルコヴィッチ。ピカソの恋人ですよ。ピカソは生涯に一〇人の恋人がいたと言われています。八番目の恋人に当たるのがドラ・マールです。一九三六年、ピカソが五四歳のときに二八歳のドラ・マールと出会い、ふたりの関係は九年ほど続いたと言われます。パリ生まれのドラはシュルレアリスムの写真家としての活躍が知られ、画家、詩人でもありました。二〇世紀を代表するフォトアーティストであるマン・レイの助手として写真家のキャリアをスタートした彼女は、知的な美学論争にも長《た》けておりましたし、社会問題にも関心が深く、反ファシズムにも傾倒してゆきます。スペイン市民戦争に介入したナチスドイツとイタリア軍がゲルニカ村を無差別爆撃した悲劇をテーマにした『ゲルニカ』をピカソが描いたときに、ドラは一ヶ月にわたって制作過程を撮影したのです。彼女はまた、ピカソの莫大な数の作品のなかでも最も有名なもののひとつ『泣く女』のモデルでもあるのです。『泣く女』をモチーフとした作品は一〇〇種類以上あるとされていますが……」

尼子は得意げにとうとうと喋り続けた。

「あの、尼子さん」

春菜は尼子の言葉をさえぎった。

さすがに電話の件を伝えるべきだ。

「なんですか？」

不愉快そうに顔をしかめて尼子は春菜を見た。

「先ほど、神奈川学院大学の割ヶ嶽教授からお電話がありました」

春菜は静かな声で告げた。

「あっ！」

尼子がその場で飛び上がった。

顔色が真っ青になっている。

「一一時半にお約束だったんですってね」

平らかな声で春菜は続けた。

「そ、そ、そうか、一日勘違いしてた。割ヶ嶽先生、さぞかし怒ってたでしょうね」

舌をもつれさせて尼子は訊いた。

「だいぶおかんむりでしたね」

正直に春菜は答えた。

「うわぁ、どうしよう」

両手で頭を抱えて尼子は叫んだ。

「お詫びするしかないですよね」

「なんで早く言ってくれなかったんですか」

食ってかかるように尼子は訊いた。

「だっていきなりドラ・マールの話でしたから」

頬をふくらませて春菜は答えた。

「そんな話より大事じゃないですか。とにかく電話しなきゃ」

声を震わせて尼子は、スラックスのポケットからスマホを取り出した。

「二時以降に研究室に電話してほしいっておっしゃってました」

春菜の言葉に返事もせずに尼子は腕時計を見た。

「間に合うな」

尼子は自分の机の上のカバンを手にして足早に出口に向かった。

「おうっと」

廊下に出るところで、尼子は戻ってきた赤松班長とぶつかった。

「あ、班長。わたし、神奈川学院大学に行ってきます」

尼子は早口に言って、そのままエレベーターホールのほうへと消えた。

「なんだ……あいつ？」

赤松班長は走り去る尼子の背中を見ながら驚いたように言った。

ちなみに赤松警部補は、経済・経営・法学系の学者を担当している。

大友と葛西は気の毒そうな顔つきで尼子の後ろ姿を見送った。

せっかくあたためたパスタはすっかり冷めてしまった。

春菜はペットボトルのミネラルウォーターと一緒にもそもそとパスタを食べた。

そんな姿を気の毒に思ったかどうかは知らないが、班長と二人の同僚は素知らぬ顔で自分の書類に目を通している。

春菜が専門捜査支援班に異動になってから、いつの間にか一年半近くも経ってしまった。

三人の同僚たちは相も変わらず春菜のイジリに興じている。いったい、なにが楽しいのか……春菜には少しも理解できなかった。最初に異星人と感じた彼らとの距離は、いまもそれほど縮まってはいない。

むなしい昼食を済ませて洗面所で歯磨きをして専門捜査支援班の島に戻った。

長身のがっしりとしたライトグレーのスーツ姿の男が立っている。浅野《あさの》康長《やすなが》だ。

「こんにちは。まだまだ暑いですね」

春菜は弾んだ声であいさつした。

「おう、細川、元気そうだな」

上機嫌な声で康長は答えた。

彼が顔を見せたということは、外へ連れ出してもらえる可能性が高い。

康長は捜査一課強行七係の警部補で、何度も春菜と事件に取り組んできた。

「おかげさまで元気にしています」

春菜は明るい声で答えた。

この県警本部庁舎でずっと机の前に座っているのは春菜の性に合わなかった。

「また、細川の力を借りたいことが出てきた」

春菜の目を康長はまっすぐに見て言った。

「わたしじゃなくて、登録捜査協力員の皆さまの力でしょう」

「両方だよ。細川とヲタクたちのな」

康長はにっと笑った。

「登録捜査協力員です」

かるく春菜はたしなめたが、康長はいつものように無視した。

春菜にはなんの専門知識もない。どうして専門捜査支援班に配属されたのかは、春菜自身にもわからなかった。春菜の担当が学者などの研究者ではなく、登録捜査協力員だからだろうか。

捜査に協力してくれる一般の神奈川県民に登録してもらい、協力員が持つ広範な知識から情報を収集するという仕組みだ。協力員の実態は各分野のヲタクであり、幅広い分野にまたがる彼らの知識はすでに事件解決に大いに寄与していた。

「浅野さん、お疲れさまです」

愛想のよい声で赤松班長が言った。

ふだんのピリピリした神経質な赤松とは違って、やわらかで明るい顔つきだ。

最初に会ったときに赤松は刑事畑ではないだろうと春菜は感じた。だが、刑事から専門捜査支援班に異動となったことを、以前の捜査で知った。

加賀町署や捜査一課で康長の後輩として働いた経験があるようだ。赤松にとって康長は敬愛すべき先輩ということなのだろう。

「赤松も元気そうだな……というわけで頼みがある。細川を貸してほしいんだ」

康長は笑みをたたえながら頼んだ。

「おい、細川、忙しくないな」

春菜に向かって決めつけるように赤松は言った。

「書類仕事があるんで。夕方くらいまでは……」

すぐにも出かけたいが、正直に言うしかなかった。

「そんなのは、葛西か大友にやらせとけ」

赤松は平気な顔で言った。

「えっ、僕ですか」

「あたくしがですか」

葛西と大友の声は裏返った。

「いままで細川は、浅野さんと一緒にいくつもの事件を解決してきたんだぞ」

赤松はつよい声で言葉を重ねた。

「仕方ないですね。僕がお手伝いしますよ」

葛西があきらめ顔で答えた。

「悪いな、葛西……まずは今回の事件について説明しよう」

康長は春菜の顔を見て言った。

「浅野さん、尼子の席でいいですか？」

赤松の言葉に、康長はかるくあごを引いた。

「もちろんだよ」

空いている椅子に康長はさっと座った。

「いまお茶を」

すぐに春菜は椅子から腰を浮かせた。

「いや、持ってきた」

康長は目の前で紙袋を振って見せた。

以前このフロアの給茶機の茶がまずいと言ったら、それから康長はペットボトルの緑茶を、春菜へのお土産に持ってきてくれる。

春菜は給湯室へ走って人数分の茶碗をそれぞれのデスクに置き、ペットボトルの茶を次々に注いだ。

「ちょうど一週間前の九月七日、箱根仙石原《せんごくばら》の一軒の別荘で男性の遺体が発見された。凶器と思われるものは万年筆だった」

康長はスマホの写真を提示した。

銀色のボディを持ったスマートなスタイルの万年筆だった。

「おやまぁ、これは！」

大友が声を張り上げた。

「これですか」

春菜は驚きの声を上げざるを得なかった。こんな万年筆を見たことはない。

それ以上に、万年筆が凶器というのが春菜には信じられなかった。

「珍しいな」

目を見開いて葛西は凶器の写真を眺めている。

「万年筆が凶器というのは、あまり聞いたことがありませんね」

赤松はあごに手をやった。

「手口捜査に当たっている連中も、過去の記録で万年筆を凶器に使った事件は見つからないそうだ」

康長は渋い顔でうなずいた。

「ちょっと前に中国国際航空の旅客機をハイジャックした犯人がCAさんを羽交い締めして突きつけた凶器が万年筆でしたなぁ」

眉をひくつかせて大友が言った。

「そんな事件があったのか」

目を見開いて康長は訊いた。

「ええ、ちょっと珍しい事件だったので覚えています。幸い、死傷者等は出なかったそうですが」

さらっとした口調で大友は答えた。

「しかし、俺も万年筆を凶器に使った犯罪というのは初めてだ。この万年筆が被害者のこめかみ付近に突き刺さっていた。死因は穿通性《せんつうせい》脳損傷。つまりこいつが脳まで突き刺さっていたんだ。司法解剖の結果では、死亡推定時刻は発見前夜の九月六日午後七時から一〇時頃だ。受傷してから死亡までは数分以内とのことだ」

渋い顔で康長は言った。

「殺人と確定したのですね」

畳みかけるように赤松が訊いた。

「うん、検視官も即断した。自分で自分のこめかみを深く突き刺せる人間はいないからな。七日のうちに小田原署に捜査本部が立って五五人態勢で捜査に当たっている。だが、一週間経っても、はかばかしい成果が上がっていないんだ」

康長は渋い顔で言葉を継いだ。

「凶器からは指紋が発見されておらず、犯人は手袋かなにかを使ったものと考えられる。メーカーやモデルの名前ははっきりしない」

康長は茶碗の緑茶をひと口飲んだ。

「世界中に万年筆メーカーは無数にあります。独立系の職人や小工房で製作される手作り万年筆のようなものを含めると、万年筆の種類を特定する作業は大変に困難なものとなるでしょう。ただ、この万年筆はボディとペン先を一体成形した特殊な形状をしています。おそらくはかつてパイロット社が作っていたμ《ミュー》というモデルを真似したものでしょう。パーカーが一九五〇年代に一年間だけ一体型のモデルを作っていましたが、完全な一体成形ではなく、ペン先の一部に別の金属を用いていました。ほかの大手メーカーで、このタイプの万年筆が作られたという話は聞きません。ですが、パイロットのような高度な技術を持っていない小工房が製作したものであれば、ペン先の精度はどんなものか。もし、書き心地がすぐれていれば、評判となるはずです。ですので、価格的にもたいしたことはなさそうです」

得意げに大友が説明した。

「大友、おまえ万年筆に詳しいんだな」

康長は目を見張って大友を見た。

「いやいや、それほどではありませんよ」

照れたように大友は答えた。

「被害者《マルガイ》はどういった人物なんですか」

赤松が話題を進めた。

「リタイア組と言えばいいのだろうな。布施公一郎《ふせこういちろう》という七三歳の老人だ。大手商社の丸友物産《まるゆうぶっさん》を退職して現在は無職だ。横浜市内に所有する高級マンションを賃貸に出しているのでその賃料で生活には比較的ゆとりがあった。悠々自適の生活だったようだ。現場はもとは別荘として建てたものだが、現在は自宅と言ってもいいな。一五年前に妻に先立たれて子はいなかった。相続人はバンクーバー在住の姪が一人だが、その女性は相続放棄したいようなことを言っているらしい」

「遺体の第一発見者は誰なのですか」

赤松は身を乗り出した。

第一発見者を疑えというのは、刑事捜査のひとつのセオリーだ。

「最初に通報したのは、坂木八也《さかきはちや》さんという男性。仙石原にある《すすき食堂》という食堂の主人だ。マルガイの布施さんはこの食堂にほぼ毎晩食事に行っていた。それから昼には弁当をとっていた。店は現場からはクルマで七分ほどの距離にあるが、事件当夜は布施さんは顔を出さなかった。坂木さんは九月七日の午前一一時頃に、注文されていた昼食の弁当を届けた。ところが、別荘に着いて呼び鈴を鳴らしても建物の中から反応がなく、電話にも出ない。カーポートには布施さんのクルマが駐《と》まっているから、外出はしていない。坂木さんは不審に思って顔なじみの仙石原駐在所に通報した。駐在所員が急行し、小田原署地域課員も応援に駆けつけた。何度呼びかけても反応がないことから、警官たちはガラス窓を破って室内に侵入した。そこで書斎で死亡している布施さんを発見したという」

康長は眉間にしわを寄せた。

「となると、第一発見者は警察官というわけですね」

春菜の言葉に康長はあごを引いた。

「そうだ。仙石原駐在所員と小田原署の地域課員たちが、第一発見者だ」

「その坂木という男には疑いはないんですか」

「ない。動機も見つかっていないが、確実なアリバイがあるんだ。事件当夜、坂木さんは小田原で開かれた出身高校の同窓会に参加していた。店を奥さんにまかせて午後一〇時くらいまで飲んでいて、帰宅したのは一一時をまわっていたそうだ」

康長はその食堂の主人をまったく疑っていないようだった。

「現場の別荘の鍵はどうなっていたのですか？」

身を乗り出して赤松は訊いた。

「うん、入退室の時刻が記録される静脈認証式の電子キーなんだよ」

康長の言葉に、春菜は思わず訊いた。

「あの掌《てのひら》を当ててロック解除するヤツですか。あらかじめ静脈の位置を登録しておいて、センサーの画像が一致すると鍵が開くタイプですよね」

　企業などで採用されている事例を見た覚えがあった。

「いや、住宅用なのでそこまで本格的なものではない。指の静脈で判別する小型のもので、センサーはハンドル型のドアノブに内蔵されている。屋内から外に出るときはホテルなどで見かけるようなオートロックだ。内側から外に出てドアを閉めると、自動的にロックされる仕組みだ。さらにこのキーは入退室時刻が記録されるタイプだった。おかげで犯行時刻が司法解剖結果より狭まった。九月六日の午後七時七分に最後の入室記録が残っている。さらに、七時三五分に退室記録がある。ちなみに物理キーを使って開閉したときも停電していない限り、入退室記録は残る。当夜は仙石原一帯に停電は確認されていない。解剖結果と考え合わせると、これは犯人の退室記録の可能性がある。少なくとも七時三五分までは何者かが室内にいたことはたしかだ。その後、入室した者はいないことになる。この二八分間に犯行が行われたと考えるべきだ」

　考え深げに康長は言った。

「物理キーはあるんですよね」

　重ねて春菜は尋ねた。

「二本ある。二本とも別荘内の机の引き出しにあった」

となると、静脈認証でキーを解除できるのは被害者本人しかいない。

「犯人は被害者の布施さんに別荘内に招き入れられた人物となりそうですね」

「その可能性がきわめて高いな」

赤松の問いに康長はあごを引いた。

「鑑が濃い者の犯行でしょうね」

赤松は冷静な口調で言った。

鑑が濃いとは、被害者と犯人の人間関係が近いことを指す刑事用語である。

「部屋も荒らされていない。被害者が抵抗したようすもないので、間違いないだろう。布施さんは犯人を別荘内に入れた。とくに警戒もしていなかったのだろう。そこをいきなり万年筆で刺されたと推察される。顔見知りの犯行であることはほぼ確実だと思う」

康長は茶碗をとって中身を飲み干した。

「ほかにこの事件の鍵となりそうなことはなにかありますか」

釣られるように茶を飲み干して赤松が尋ねた。

「布施さんは書斎の椅子に座って机に突っ伏すように死んでいた。机の上にはペン先部分が折れた高級そうな万年筆が転がっていた。これだ」

康長はスマホの新しい画面を春菜たちに見せた。

「きれい！」

春菜は派手な声で叫んでしまった。

万年筆は黒とか銀色とかそんなイメージが強かった。

この写真のモデルは、あたかも宝飾類とか美術品のイメージだ。そう、豪華な宝石箱や香水瓶のような輝かしさを持っている。

「ややや、これは……」

大友が目を見開いてうなった。

凶器とはまったく雰囲気の違う華やかな万年筆だった。

太い軸は輝く銀色の精緻な透かし彫りが強烈な存在感を示している。モチーフは時計にも似た古代の機械と天体図のようなものと見受けられる。

透かし彫りの下の樹脂軸は七色に輝いてなんとも言えぬ美しさを見せている。

さらに各所に小さなルビーやサファイヤがちりばめられている。

「折れたペン先が見つかっていて、『ARTISTA』という刻印がある」

「アルティスタはラテン語由来ですね。イタリア語とスペイン語で芸術家という意味ですな。それがメーカー名なのでしょうか。わたしは聞いたことはないな」

「国内の大手メーカーや大型文具店への問い合わせでも回答は得られなかった。当然ながら万年筆のモデル名は特定されていない」

難しい顔で康長は言った。

「さっきも言いましたが、万年筆メーカーは世界中に数え切れないほどあります。すでに消滅してしまったメーカーも少なくありません。ですから、特定できないモデルがあってもあたりまえです。相当高価なものと推察されますが、こいつは見たことがないですね」

大友は写真を見つめながら嘆くような声を出した。

「この万年筆からは、被害者である布施さんの指紋だけが見つかっている。ペン先を折ったのは布施さん本人ではないかと推察されている」

「いったいなんのために、この万年筆を壊したんでしょうか」

春菜にはわけがわからなかった。

「そうですよねぇ。万年筆愛好家とは思えぬ行動ですよねぇ」

大友は康長の顔に視線を移して言った。

「近くには万年筆の収納ケースがあって驚くほどたくさんの万年筆が収蔵されている。なぜこいつだけが机の上にあったのか。どうしてペン先が折られたのか。謎が多い」

康長は腕を組んで言った。

「たしかに謎だらけですなぁ」

大友も釣られるように腕組みした。

「謎はまだある」

スマホを操作して康長は新しい写真を提示した。

一枚の薄茶色のB6判くらいの紙が映っている。

なにかのメモらしく『CASERTA』と書かれて大きく×印がつけられていた。

「これが壊れた万年筆の横に残されていた。筆跡は布施さんのものと判明している。使われている用紙は、机上に残されていたメモパッドだった。ネット検索を始め、いろいろ調べてみた。『CASERTA』はイタリア語でカゼルタと読むようだ。ナポリの北北東約二七キロメートルに位置する古都の名だ。それが何を意味するかは、まったくわからない」

康長は浮かない顔で言った。

「ちょっと変わった色のインクで書かれていますね」

大友は康長のスマホをまじまじと見て言った。

「うん……このインクの正体も判明していない。部屋にあった三二種類のインクではないことだけがわかっている。が、なぜこのインクがボトルごと行方不明なのか。犯人が持ち去った可能性が高い。そこにもなにかしら意味があるはずだ」

康長は眉根を寄せた。

「インクは万年筆より特定が難しいでしょうねぇ」

大友は鼻から息を吐いた。

「いずれにしても単純な事件ではないようですね。長引かなきゃいいですがね」

気難しげに赤松は言った。

「俺も捜査の長期化を恐れている。現場の周囲には防犯カメラは一切設置されていない。また、有益な目撃情報もない。鑑取り捜査でも有力な容疑者は見つかっていない。遺留品の万年筆とメモを追いかけたいが、メーカー等からは有益な情報が得られていない。そこで、細川に応援要請だ」

康長は春菜の顔をまっすぐに見て声に力を入れた。

「捜査協力員さんたちですね。ちょっと待ってください」

春菜はデスクの引き出しからぶ厚いファイルを取り出した。もちろん登録捜査協力員の名簿にほかならない。

色とりどりのたくさんのインデックスがつけられている。

《アイドル》《アニメ・マンガ》《海の動物》《温泉》《カメラ・写真》《ゲーム》《建築物》

《昆虫》《コンピュータ》《自動車》《植物》《鳥類》《鉄道》《バイク》《文房具》《哺乳類一般》

《歴史》

ほかにもまだまだたくさんのジャンルが続く。

春菜は《文房具》のインデックスがあるページを開いた。

備考欄に目を通してゆくと、万年筆と記してある協力員が三名見つかった。

藍原秀人《あいはらひでと》（27）　会社員
寺崎詩織《てらさきしおり》（34）　イラストレーター
浜尾泰史《はまおやすふみ》（61）　公務員

「三人いらっしゃいます。皆さんに電話してみますね」

「おう、頼む」

康長は元気よく答えた。

春菜はデスクの固定電話の受話器を取り上げた。

相手方には神奈川県警の電話番号が表示される。

全員と会う約束は取りつけたが、いちばん早いものでも藍原との明日の夕刻の面談だった。

いきなり電話しているのだからあたりまえの結果だ。

「全員ＯＫでしたが、今日はお会いできる方はいません。明日の夕方からですね」

受話器を置いて春菜が言うと、康長は笑顔でうなずいた。

「いつもそうだからな。今日はこれから現場に行ってみたいんだ。俺はまだ見ていないからな。クルマも借りてある」

「どうぞ、細川をお連れください」

赤松が恭敬な調子で言った。

「すぐに出られます」

支度らしい支度をする必要はなかった。必要なものはデイパックに収まっている。

「よし、行くぞ」

康長は勢いよく立ち上がった。

「あのう……あたくしもお供したいんですが」

遠慮がちに大友が申し出た。

「大友、箱根に行くって言ったって、温泉には寄らないぞ」

笑い混じりに康長が答えた。

大友はかなりの温泉フリークだ。

いつぞや大友は箱根の捜査に同行して、現場の露天風呂にちゃっかり入浴したことがある。

「とんでもない！」

声を張り上げて大友は顔の前でせわしなく手を振った。

「温泉の話なんぞ関係ありませんよ。あたくしね、万年筆にはちょっと詳しいもんですから」

言い訳するように、大友は早口で言った。

「そう言や、さっきも凶器の万年筆についてやたら詳しかったな。一緒に来るか」

康長の言葉に、大友にはニコニコしながら何度もうなずいている。

「大友、浅野さんのお役に立つように、しっかり仕事するんだぞ」

厳しい顔で赤松が許可を出した。

「かしこまりましたん」

ウキウキとした声で大友は答えた。

## 2

春菜たちは、みなとみらい出入口から首都高横羽線に乗って箱根を目指した。

いつものようにステアリングは康長が握っている。

階級が上の康長だが、春菜や大友に運転させることはない。ふたりの運転技術をまったく信用していないようだ。

助手席には春菜が座り、大友は後部座席に収まった。

「そもそも、お二方は万年筆をお使いなんですかね？」

小田原厚木道路に入ったあたりで、大友がいきなり訊いた。

「いや、俺はまともに使ったことはない」

前方を見つめながら康長はさらっと答えた。

「わたしもです。水性ボールペンがメインですかね」

機会がなかったともいえるが、万年筆はなんだか難しそうな気がして興味を持たなかった。

「まぁ、そうでしょうねぇ」

大友は鼻から息を吐いた。

「なんか万年筆ってさ、過去の筆記具ってイメージがあるぞ」

素っ気ない調子で康長は言った。

「高級ってイメージと、インクを入れるのとかお手入れとか面倒な気がします」

春菜は正直な気持ちを口にした。

「だいいち、ボールペンのほうが書きやすいだろ？」

「浅野さんの前ですけど、それは認識違いですなぁ」

いくらか大きな声で大友は言った。

「そうかぁ？」

ステアリングを握ったまま康長は奇妙な声を出した。

「インクを使って書く筆記具の起源は古代エジプトに遡ると言われています。その後、長い歴史を経て多くの試行錯誤が繰り返され、さまざまなインクペンが生まれました。現在の万年筆の原型とも言える毛細管現象を利用したペンは、一八八三年にニューヨークで保険外交員をしていたルイス・エドソン・ウォーターマンが開発しました。ウォーターマンは同年に《ザ・レギュラー》と名づけた万年筆を発売しました。これを以て万年筆の第一号と考えて差し支えないと思います。ちなみに合衆国の法人は倒産し、フランスのウォーターマンは現在に続いています。現代ではウォーターマンはフランスのメーカーというイメージが強いですね」

とうとうと大友は説明し始めたが、彼のこんな話し方は少しも珍しくない。

「なるほど、日本で言えば明治時代に実用化したのか」

「ええ、そうです。一方、実用的なボールペンの原理は一九四三年にハンガリー人のラディスラオ・ビロという人物が発明し、日本では一九五〇年代くらいから普及しました。しかし、ボールペンが普及しても文章のプロは万年筆を手放しませんでした」

「たしかに、作家というと万年筆のイメージがあるな」

「そうでしょう？　たとえばドイツのモンブランは、開高健、池波正太郎、三島由紀夫、星新一などに愛されてきました。また同じくドイツのペリカンを愛したのは井伏鱒二や井上ひさし、埴谷雄高などですね。また当時はアメリカ製だったパーカーを愛用したのは司馬遼太郎でした。これらの作家は原稿執筆にボールペンを使いませんでした」

「なぜなんだ？」

「もちろん、万年筆が書きやすいからですよ」

大友はきっぱりと言い切った。

「ボールペンと比べて、万年筆はそんなに書きやすいのか」

疑わしげに康長は訊いた。

「ええ、短い文章ではそんなに感じないかもしれませんがね……これはあたくしの経験ですが、長い文章を書くとボールペンでは手が疲れるんですよ。文字を書くのに力を入れなければならないですからね。ところが、万年筆はほとんど力を入れずに文字を書くことができます。比較にならないほどラクですよ。それゆえ、たくさんの文字を書き連ねなければならないプロの文筆家は、万年筆の書きやすさを好んだのですねぇ」

自信たっぷりに大友は答えた。

「大友さんはそんなに長い文章を書くんですか」

不思議に思って春菜は尋ねた。

まさか工学系の論文でも書いているのか。だが、別に万年筆を使う必要はないだろう。いや図表などを入れるとしたら、ＰＣでなければ不便だ。

だいいち手書きの学術論文など、受け容れてくれる大学などがあるのだろうか。

「あたくしね、趣味でエッセイなど書いておりますんでねぇ」

大友は恥ずかしそうに言った。

「えー、ちょっとびっくり」

この変人の同僚がどんなエッセイを書くというのだろう。

「警察の話を書いているんじゃないんだろうな」

からかうような口調で康長は訊いた。

「とんでもない。あたくしは素人《しろうと》ですからね。好きな温泉を訪ねた際のささやかな旅ルポを書いているだけです」

珍しく謙虚な大友だった。

「いいですね。本になったら、わたしいちばん先に読者になります」

春菜は本気で声を弾ませた。

「いやいや、まさかのまの字ですよ。あくまで趣味だからね。それでね、手書きはキーボードを使うより楽しいんですよ。文章もスラスラ出てきますしねぇ」

大友は明るい声で言った。

「そんなもんかなぁ。俺は仕事以外では、ほとんど文字を書くということをしないからな」

康長は首をひねった。

「原稿用紙に実際に書くっていう作業は脳を刺激するんですよ。二一世紀に入っても、北方謙三先生、浅田次郎先生、赤川次郎先生、石田衣良先生、平野啓一郎先生など、万年筆をお使いになっていた作家の先生方はたくさんいらっしゃいます」

名前は知っている人ばかりだった。著作を手にしたことのある作家もいた。

「わたし、現代の作家って、みんなキーボードで原稿を書いているのかと思っていました」

たしかそんなことをどこかで読んだことがあった。

「まぁ、大方の作家はそうなんでしょうけどね。アナログだと作家の原稿を打ち直さなきゃならないわけですからね。でも、北方謙三先生や浅田次郎先生など一部の大物作家の先生方は、いまでも万年筆を愛用なさっているんですよ。現代も万年筆が実用的である証《あかし》ですよ」

大友は力づよく言った。

西湘パイパスの箱根口を出て、国道1号をしばらく進むと道路の左手にコンビニがあった。康長は覆面パトカーをコンビニの駐車場に入れてトイレ休憩をとった。

春菜たちはトイレを済ませてドリンク類を買った。

「ちなみに万年筆の基本的な構造をご説明しておきましょう」

クルマに戻ると、大友はスマホの画面を春菜たちに見せた。

「まず、万年筆はキャップあるいは蓋の部分と、軸あるいは胴の部分に分かれます。上部から説明しますね。キャップの頭の部分を天冠あるいは蓋栓などと呼びます。続いて万年筆の心臓とも言うべきペン先またはニブ。通常は18金、14金、ステンレスなどの金属でできています。ペン先にはスリットと呼ばれる隙間が開いていて、全体がしなるような構造になっています。また、ハート穴と呼ばれる穴がスリットの最下部に開いております。現在は写真のように、ただの丸形が多いのですが、かつてはハート形でした。こちらもペン先にしなりを生むための構造です。さらにペン先にはペンポイントと呼ばれる球形の金属が溶接されています。ペンポイントの大きさは筆記できる文字の大きさを決めます。ペン先の裏側には毛細管現象でインクを供給するペン芯という部分があります。ペン芯の設計によりインクフロー、つまりペン先に供給されるインクの量が変わります。ペン先とペン芯がどう作られているかで書き味は決まります。またペン芯は古くからゴムの一種のエボナイトを使っていましたが、現在ではプラスチック製がほとんどです。この素材の違いも書き味に影響を与えます。さらに万年筆のお尻の部分を尾栓、尻軸などと呼びます。万年筆全体の両端が平らになっているものをベスト型といい、丸くなっているものをバランス型と呼んでいます。もちろんこの両者に当てはまらないものも増えていますが」

大友は万年筆の写真を指さしながら、息もつかず一瀉千里《いっしゃせんり》に説明した。

「いっぺんに覚えられそうにないな」

康長は音を上げたが、春菜もまったく同様だった。

「ペン先とペン芯の構造が書き味を決めることだけ知って頂ければ」

控えめな口調で大友は言った。

「わかった。それは理解した」

「もうひとつだけ……万年筆は軸の内部に貯めたインクがペン先に供給されるわけです。その方式にもいくつかあって、ひとつは吸入式と言って、本体そのものがインクタンクになっていてペン先をインク壺に入れて尻軸をまわしてインクを吸入する方式があります。もうひとつはカートリッジ式と言って、こちらは使い捨てのインクカートリッジを使う方式が主流です。この場合はインク壺は必要ありません。また、このカートリッジのサイズに収まるようなコンバーターを使う方式もあります。コンバーターにもまわす部分があって吸入式と同じようにインク壺を使います。現在の万年筆はこの三つの方式がほとんどを占めています」

真剣な顔つきで大友は言った。

「それで？」

あまり興味がなさそうな康長の声だった。

「凶器はどのタイプだったんでしょうね」

大友は眉間にしわを寄せて訊いた。

「そのことについては聞いていないな。意味があるのか？」

康長の素っ気ない反応は変わらなかった。

「吸入式なら自由に設計できますが、カートリッジ式は既存のメーカーのものを使うしかありません。カートリッジ式ならまだメーカーや生産国の見当がつく可能性もあるんですよ」

噛んで含めるような大友の口調だった。

「なるほどな。しかし、犯人にたどり着けるほどの情報かな？」

気難しげな顔で康長は言った。

「まぁ、たしかにそうですが……」

大友は肩を落とした。

「まぁ、いろいろと調べなきゃならんのが、俺たちの仕事だからな。些細なことも大切だ」

康長はエンジンを始動させた。

覆面パトカーは宮ノ下から国道138号に入って御殿場方向に進んだ。

次々に現れる温泉旅館の前を通っても、大友は以前と違って温泉の話をしなかった。

仙石原交差点の先で県道731号の旧道に入ると交通量はグッと少なくなった。この県道はしばらく進むと通行できなくなる。

このあたりは、仙石原の北はずれで草原ではなく山間の地域だった。企業の保養所や宿泊施設が点在する明るい雑木林の坂道を、春菜たちのクルマはゆっくりと上っていった。

途中、直進する県道と右折先が通行止めであることを示す看板が設置された十字路を右折した。

何軒かの別荘を通り過ぎてもう一度右へ曲がると、人家は途絶えて車窓には雑木林だけが続いて現れた。

分岐点から一〇〇メートル少し走ったところで、道は林のなかに消えていた。

終端部のちょっと手前の左手に人家が現れた。コンクリートの基礎の上に広いウッドデッキを持つ木造平屋造りの建物が見える。比較的新しいが、規模は大きいとは言えない。七〇平米ほどの建坪だろうか。

「あの建物が現場だ」

ハンドルを握る康長が低い声で言った。

とっくに鑑識作業は済んでいるので、事件の痕跡は残っていないはずだ。

それでも、春菜の全身に緊張が走った。

殺人事件の現場に臨場するときの緊張感はいまだに強い。

康長は道の終わるところに覆面パトカーを駐めた。

春菜たちは次々にクルマから降りた。

建物のまわりは明るい雑木林で、道路のほかの人工物は電柱と電線くらいしか見えない。

ウッドデッキのある南側は樹木もなく草地がひろがっている。別荘を囲む塀もなく、開放的な雰囲気がある別荘だ。

東西は細い小砂利の通路が設けられていてすぐに林が迫っている。ここからは見えない建物の裏側も同じような雰囲気だろう。

建物左手のカーポートには、赤い小型車が駐まっている。春菜にはよくわからないが、アルファロメオの小型車だった。

すでに規制線テープは外されて、事件現場の雰囲気は残っていない。

まだ紅葉は始まっていないが、横浜と違ってまわりの空気はひんやりと澄んで秋の気配が漂う。あたりの林からは小鳥のさえずりが響いてくる。

春菜は両手を空に上げて大きくのびをした。

「空気が違いますね」

緊張がほぐれてきた。

「たしかにここまで来ると、空気が澄んでいるな」

康長も両手を後ろに反《そ》らして深呼吸をしている。

「閑静ないいとこですけど、温泉までは遠い場所ですね。帰りにひとつ風呂ってのはまわりみちになりますねぇん」

まわりを見まわしながら大友が言った。

「おい、大友。今日は温泉はなしだ」

まじめな顔で康長は大友をにらんだ。

「冗談ですよぉ。冗談ですってばぁ。さっそく現場を見ましょう」

大友はへらへら笑って、建物右手の玄関を指さした。

玄関へ続く五段の木製階段を康長が先に立って上った。

春菜たちはあとに続いた。

玄関ポーチは三人が立つのが精いっぱいの広さだった。

「この階段や玄関前のポーチからはいくつかのゲソ痕が出ている。布施さん本人のものはもちろん、通報者の坂木さんのもの、さらに警察官のものは判明している。だが、正体不明のゲソが三種類ほどある。すべて男性のものと思われるサイズだ。このなかに犯人のものがある可能性は高い……さて、建物に入ろう」

康長はポケットから白手袋を取り出した。

すでに鑑識作業は済んでいるのだが、念のために春菜たちも白手袋を嵌《は》めた。

捜査の進展次第ではもう一度鑑識作業が入ることがないとは言いきれない。

目の前に窓のない木製のドアが立ちはだかった。

「ほら、こいつが静脈認証キーだ」

康長はドア右手のドアノブを指さした。

細長いドアノブの中ほどに、切手くらいの銀色の四角いアルミプレートが見えた。

「当然ながら、俺の指ではドアは開かない」

センサーに手を触れて、康長はドアノブを引いてみせた。

手袋をしているのだし、当然ながらドアは開かなかった。

「停電時はこいつがないと家に入れないわけだな」

康長は、そんなことを言いながら物理キーを取り出してドアを開けた。

横張りの板壁で囲まれた室内に入ると、染みついたタバコの臭いが鼻を衝《つ》いた。

廊下奥の右手にはトイレや浴室、台所などに続くらしきドアが並んでいた。

「現場はどこなんですかねぇ」

のんきな口調で大友は訊いた。

「書斎はリビングの向こう側のはずだ」

康長は引き戸を開けて隣の部屋に入った。

廊下と同じ板壁の一二畳ほどの部屋だった。茶色いレザーのソファセットと、グラスなどが並べられたサイドボード、テレビくらいしか見あたらずガランとしていた。

カーテンが閉まっていて部屋は薄暗いが、奥にドアが見えた。

「ここから入れるみたいだ」

康長はドアを開けると、すぐに壁のスイッチを押して照明をつけた。

一二畳くらいの洋室で、この部屋も同じ板壁だった。

窓際には濃い茶色の木製両袖机が置かれていた。

机の前の濃いブルーのカーテンを康長がさっと開けると、一間幅の腰高窓とその上に高窓があった。

　窓から明るい光が差し込んで机を照らした。

　四本入る木製のペン立てに二本の黒軸の万年筆が立てられていた。ほかにはデスクスタンドくらいしか見あたらない。

　すでに凶器や謎の高級万年筆、布施のメモは捜査本部によって証拠品として持ち去られていた。人が殺された現場という雰囲気は少しも残っていない。

　引き出しのなかを確かめると、どの段にも各種のインク類が並んでいた。

　木製の立派な万年筆の陳列ケースが三台もあって、机の背後に並んでいる。

　幅一メートルほどで腰高くらいの、デパートで見かけるような二段の陳列ケースだった。

　木製の台座の上にガラス製のショーケースが載っていて、一本ごとに溝が刻まれたアイボリーのフェルト面にずらりと並んだ万年筆が輝いている。

「マーベラス！　いやいやいや、これはスゴいですなぁ」

　大友が素っ頓狂な声を張り上げた。

　両膝を床のカーペットに突き、ケースに貼りつくような姿勢となって大友は万年筆を覗き込んでいる。

　ヨダレを垂らしそうなうっとりとした大友の目つきが、春菜にはおかしかった。

「ぜんぶで三〇〇本以上はありますね」

春菜もケースをまじまじと眺めて言った。目検討だが、ひとつのケースに一〇〇本は陳列されているだろう。

大きな文房具店でも、なかなかこれだけの数は揃えていないような気がする。よくはわからないが、ボディが華やかな万年筆が多い。

もちろん、地味な黒軸の万年筆もたくさん並んでいる。

「この三つのケースはすべて施錠されていて、鍵は布施さんのポケットに入っていた。はっきりはしないが、盗まれたものはなさそうだ」

「貴重な財産ですからねぇ」

大友はゆるゆると息を吐きながら言った。

「たしかに大変な数の万年筆だな」

康長はケースに並んだ万年筆を見入ってうなった。

「数だけじゃありませんよ。貴重な万年筆がずらりと並んでいます」

眉間にしわを寄せて、抗議するように大友は口を尖らせた。

「ふーん、そうなのか」

なかばあきれたように康長は答えた。

「ええ、たとえばここに並んでいるのはあたくしにもわかります。モンブランの作家シリーズです」

大友は机の右側にあるケース上段に並んでいる一列の万年筆を指さした。

凝ったデザインで、さまざまなカラーに彩られた万年筆がずらりと並んでいる。

「なんと！　作家シリーズのすべてがそろっています。ああ、オスカー・ワイルドがある。アレキサンドル・デュマもドストエフスキーもある。これはエドガー・アラン・ポーだ……。ジュール・ヴェルヌの青い軸はやっぱりきれいだな。トルストイやシェイクスピアの存在感は抜群だね。いや、なんとも目の保養になりますなぁ」

熱に浮かされたように大友は喋り続けている。

「作家シリーズってなんだ？」

康長は大友の顔を見て訊いた。

「一九九二年に始まったモンブランの人気の限定シリーズです。歴史上の偉大な作家を毎年ひとりだけ選び、その人物や作品から受けたインスピレーションによってデザインした万年筆やボールペン、メカニカルペンシルなどを発表して限定生産しています。ドイツのモンブラン社は、日本サイトで『文学の新境地を開き、時代そのものと文化的なムーブメントを作り出した卓越した作家に敬意を表しています』とアナウンスしています」

声を弾ませて大友は答えた。

「作家の名前なんか、俺はあんまり知らないが……」

おぼつかなげな声で、康長は言った。

さっき大友が口にしていた作家の名は、春菜はだいたい知っていた。

「いや、みんなが知っている作家ばかりですよ。たとえば、このどっしりした軸の万年筆を見てください」

大友は、作家シリーズの右端に並んでいる万年筆を指さした。

赤みの濃いオレンジ軸に黒いキャップ、金色のクリップを持った太軸万年筆が存在感を示していた。両端は平たいのでベスト型ということになろう。

「これが作家シリーズの記念すべき第一弾、一九九二年に初めて出たヘミングウェイ・モデルです。春菜さんもヘミングウェイは知ってますよねぇ」

ニヤニヤしながら大友は訊いた。

教養ヲタクの大友は、春菜にそんな知識がないと思ってからかっているのだ。

たしかに大友や尼子、葛西の芸術や哲学なんかのヲタク会話はちっとも理解できない。だが、春菜だってヘミングウェイくらいは知っている。

「アーネスト・ヘミングウェイですね。『老人と海』とか『誰がために鐘は鳴る』は中学生のときに読みましたけど」

ちょっとムッとしながら春菜は答えた。

中・高校生の頃の春菜は意外と読書家だったのだ。

春菜の気持ちなど意に介す風もなく平気な顔で大友はうなずいた。

「ええ、ええ、そのヘミングウェイですよん。キューバの老漁師が巨大カジキと死闘を続ける『老人と海』が評価され、一九五四年にノーベル文学賞を取っている合衆国の大作家ですね。この万年筆は一九三〇年代の名品中の名品と言われているモデル《139》を復刻したデザインとなっています。世界で二万本の限定販売です。隣にありますのが、翌年リリースされたアガサ・クリスティー・モデルです」

ヘミングウェイ・モデルの隣の万年筆は黒い軸だったが、シルバーのクリップが強烈な存在感を示していた。なんとクリップはヘビの形をしているのだ。しかもヘビの両目には赤いルビーが輝いている。

「『オリエント急行殺人事件』ですね！　ジョニー・デップが出てましたね」

数年前にロードショーを見にいった作品なので、つい声が高くなった。

「クリスティーの原作は『オリエント急行の殺人』と訳されているんだよ。春菜さんが観た映画は、ケネス・ブラナーが名探偵エルキュール・ポワロを演じた二〇一七年のハリウッド映画ですね。あたくしはアルバート・フィニーがポワロを演じた一九七四年の映画のほうが好きですがね。ポワロのシリーズはたくさん映像化されておりますよねぇ。ほかにも『そして誰もいなくなった』や、ミス・マープルを探偵役にした『牧師館の殺人』などのシリーズも捨てがたいですな。あたくしとしてはポワロシリーズの『アクロイド殺し』ですねぇ。一九二六年に発表されたこの長編ミステリー小説はフェア・アンフェア論争を引き起こしたことでも有名です。この論争はいま考えると納得できないことだらけです。でも、当時の英国の文学界は……」

早口で話す大友を、康長は手を振って制止した。

「おい、推理小説の話はそれくらいでいいぞ」

康長はあきれ声で言った。

「こりゃあ失礼」

とぼけた顔で大友は言葉を続けた。

「クリスティーは、ミステリーの女王と呼ばれるイギリスの天才推理小説作家です。最も数多く翻訳された作家とも言われています。また、『そして誰もいなくなった』は、およそ一億部と、史上最も売れた本の一つであるとされているんです。いずれにしても作家シリーズは、一九九二年から毎年、リリースされて今年のサー・アーサー・コナン・ドイルまで三一種類のモデルがあります。ご存じの通り、コナン・ドイルは名探偵シャーロック・ホームズを生み出したイギリスの、これまた天才推理作家です」

ポワロのほかにホームズもいたのだ。ミステリー小説は欧米でも人気があるのだろう。

「ドイツ人の作家はいないんですか？」

春菜は不思議だった。モンブランはドイツのメーカーではないか。

「ノーベル文学賞を受賞したトーマス・マンや、ドイツ古典主義のフリードリッヒ・シラーのモデルが出ているよ。まぁ、合衆国やイギリス、フランスの作家が多いね」

大友はしたり顔で言った。

「日本人はどうなんだ？」

畳みかけるように康長は訊いた。

金田一耕助をモチーフにした横溝正史モデルはやはり無理か……。

「残念ながら、いまのところ出ていませんね。川端康成か大江健三郎モデルなんてのが出てくれるといいですよね。さすがに即買いですがね」

「ところで、大友さんは作家シリーズを買おうと思っているんですか」

これだけ関心を持っているのだから、購入を検討しているに違いない。

「ええ、ヘミングウェイを狙っているんですよん。ヘミングウェイは作家シリーズでも特段に人気が高いモデルなんだよ。定価は八万円ほどだったように記憶してますが、そんな値段では手に入りませんねぇ。あたくしにとっても憧れなんだけど、高くてなかなか手が出しにくいですねぇ」

大友はかるく顔をしかめた。

「いくらくらいするんだ？」

康長が興味深げに訊いた。

「三〇年近く前のモデルですので、新品っていうのはまず流通していないんです。新品だと五〇万円くらいですかね。あたくしが購入を検討していたのはきわめていい状態の中古でしたが、三六万円の値段がついていました。悩んでいるうちに、ほかの人に買われてしまいました」

残念そうに大友は唇を噛んだ。

「そんなに高いんですか。中古なのに……」

春菜は素直な驚きの声を出した。

中古で三六万円の筆記具を買おうという、大友の気持ちが理解できなかった。

春菜の月給をまるまる使うことになってしまうではないか。

「やっぱりモンブランは最高級なんだな」

康長は納得したような声を出した。

「まぁ定番のモデルはそれほどの価格ではありません。たとえばモンブラン万年筆を代表するモデルはマイスターシュテュック149ですが、定価は一四万七四〇〇円です。そこに立ててある二本のうちの一本がそうです」

大友は机の上のペン立てを指さした。

春菜たちは大友の指の先に目をやった。

部屋に入ったときに春菜もチラリと見たが、あまり注意を払わなかった。

「そこに立ててある二本のうち大きめのほうが、マイスターシュテュック149で、ひとまわり小さいほうが146ル・グランというタイプです。149は世界一有名な万年筆と言って差し支えないと思います」

大友は口もとに笑みを浮かべた。

「これはよく見る万年筆の雰囲気ですね。大きいけど」

黒い軸に金色のクリップやメーカー名を示すリングが光っている。

春菜たちがふつうに考える万年筆のスタイルだ。両端が丸いのでバランス型だ。

「古今、たくさんの人に愛されて日本でも多くの文筆家が愛用してきたモデルです。マイスターシュテュックは、日本の多くの万年筆がスタイルのお手本にしたと言われています。あたくしは小さいル・グランを愛用しておりますが、こちらは一一万ちょっとです。素晴らしく書きやすく扱いやすい万年筆です」

ちょっと背を反らして大友は言った。

高級万年筆として春菜もその名を知っているモンブランだ。それくらいの値段のモデルは不思議ではない。もちろん、春菜には無縁の世界の話だ。

「そのル・グランとは別に、大友さんはヘミングウェイのような高い万年筆を買おうとしているんですか」

春菜はなかばあきれて訊いた。

「それでも安くなりましたよぉ。ヘミングウェイは、一九九二年の発売から一〇年くらいは定価の五倍くらいの値段で売買されていましたからね。その頃は限定品の万年筆はモンブランに限らず中古市場でも全般に高値がついていました。リーマンショック以後は定価の二倍ほどで取引されることが多いんですよ」

大友はさらっと言った。

「俺には信じられんよ」

康長は目を瞬《またた》いた。

春菜もまったく同意見だった。

「まぁ、ヘミングウェイは手頃だとも言えますよ。モンブランは作家シリーズのほかにもパトロンシリーズ、グレートキャラクターズ、ドネーションペンという音楽家のシリーズなど、七シリーズほどをリリースしています。そのなかで、最近はプレステージモデルともいうべき、スタンダードな限定モデルよりはるかに高額な本数限定の、いわば特別版をリリースし続けています。作家シリーズでも同じことです。たとえば、今年のコナン・ドイルもふつうの限定版は一八万円ほどですが、本数限定の1902モデルが六六万円ほどです。ここにあるのは1902モデルですよ。さらに97モデルは三万八千ユーロ、つまり六〇〇万円ほど、8モデルに至っては一六万五〇〇〇ユーロ……なんと二六〇〇万円という高額の定価で発売されています」

おもしろそうに大友は眉をひょいと上げた。

「二六〇〇万円ですって！」

春菜は思わず叫んだ。

まさに耳を疑う金額だ。

康長はうなり声を上げている。

「おわかりと思いますが、この1902とか97とかいう数字は製作される本数です。8モデルは世界でたった八本しかリリースされないわけです。ちなみに97と8は日本には正規輸入されていません」

淡々と大友は言ったが、超高額モデルの購買層は日本にはいないということか。仮に購入を検討するような人間は直接ドイツに出かけて現物に触れるのだろう。

「限定版のなかのさらに限定版か。それにしても二六〇〇万ってのは信じられんなぁ。横浜でも郊外ならマンションが買えるんじゃないか」

康長は嘆くような声で言った。

「まだまだ。そんなもんじゃありませんよ」

意味ありげに大友は笑った。

「もっと高い万年筆があるというのか」

疑わしげに康長は訊いた。

「万年筆っていうのは上限はキリがないですからねぇ。近年のモンブランは完全なコレクターズアイテムを発表して自社のステータスを上げる看板としているような気がします。なんといってもスゴいのはハイアーティストリーシリーズでしょう。世界限定一〇本以内で最低でも二〇〇〇万円はするとんでもないシリーズです。こんなに高価で豪華な万年筆シリーズは滅多にないと思います。たとえば今年発表されたこのモデルを見てください」

スマホを覗き込んでタップした写真を大友は提示した。

「すごい……」

春菜は言葉を失った。

全体にプラチナ色に輝くボディには不規則な模様の切り模様に無数のダイヤモンドらしき透明な宝石が輝いている。さらにその上に薄いブルーの宝石が点在して、ため息が出るほど美しい。まさに最高級ジュエリーの芸術品だ。

「ハイアーティストリーシリーズでも最高峰のひとつ。ロアール・アムンセン・リミテッドエディション1『氷』というモデルです。人類史上初めて南極点に到達したノルウェーの探検家ロアール・アムンセンをリスペクトし、その世界観を最高級のダイヤモンドとサファイアで表現した万年筆で、世界でたった一本だけ製作されました。プラチナコーティングされた金無垢の不規則なフレームに合わせて四角いカットのダイヤモンドを散らし、さらにサファイアを埋め込んだ二層目を配置した精緻で複雑なデザインとなっています。天冠はイヌイット伝統の雪の家、イグルーをかたどっていますが、雪のブロックに見立てられたパーツはすべてバゲットカットした四角いダイヤモンドです。さらにこの天冠部分を外すとなかからは五・一カラットのダイヤが出てきます。この部分にアクセサリを隠しておく万年筆はほかにもあって、一種のお守りのような意味合いを持つようです」

大友は天冠が外れていて、なかにダイヤモンドが収められている写真を表示した。

春菜が実際には見たこともないような大きなダイヤだ。

「五・一カラットのダイヤっていくらくらいするんですか？」

写真に視線を置いたまま春菜は尋ねた。

「ダイヤモンドはカラーやカットの違いなどで大きく品質が変わるんですよ。さらに日によっての相場変動も激しい。あたくしが聞いている範囲では五カラットで三四〇万円から二七〇〇万円とかなりの幅があるみたいだね。『氷』のダイヤがいくらくらいの価値があるのかは、さぁわかりませんねぇ」

「最低でも三四〇万円ですか……」

いくらかぼう然として春菜は言った。

「で、この万年筆の値段は？」

康長は大友をまっすぐに見て尋ねた。

「世界で一本ですからもちろん輸入はされていません。モンブラン銀座本店から参考価格として示されているのは二億二〇〇〇万円強ですね」

大友は笑みを浮かべてゆっくりと答えた。

春菜と康長は顔を見合わせた。

「意味がわかりません……」

春菜はかすれた声で言った。

「細川の言う通りだ。意味がわからん。そんなに素晴らしい書き心地なのか」

不思議そうに康長は訊いた。

「ペン先の仕様は、あたくしの愛用するル・グランとほぼ同じだそうです」

ケロリとした顔で大友は答えた。

「書き味はあまり変わらないのに、二千倍の値段がついているというのか」

信じられないというように康長は目を見開いた。

「つまり高額万年筆は筆記具としての価値ではなく、美術品としての価値を売りにしているわけです」

背を少し反らして大友は言った。

「なるほどなぁ……大友、あとひとつだけ訊いていいか」

「なんなりと」

満面の笑みで大友は答えた。

「ここに陳列されている万年筆は総額でいくらくらいになると思う？」

真剣な顔つきで康長は問うた。

「いや、あたくしはただのモンブランファンに過ぎない素人ですから。ここには同じドイツでもペリカンもありますし、ふたつのケースはモンテグラッパやアウロラ、デルタといったイタリアの万年筆が多いように思います。布施さんの趣味はおそらくイタリア万年筆に傾斜していたのでしょうが、あたくしには価格などさっぱりわかりません。しかしながら、すべてを合計した買い取り価格は最低でも二〇〇〇万円くらいにはなるのではないでしょうか」

自信なげに大友は答えた。

「そうか、よくわかった」

「そもそも万年筆の買い取り価格というのは……」

気を取り直したように大友は話し始めたが、康長はまたも手を振って制止した。

「大友、もう万年筆の説明はいいぞ」

はっきりとした口調で康長は言った。

「モンブランではまだまだ説明したいモデルもあるんですが……」

悔しそうに大友は言った。

「だから、もうじゅうぶんだ」

顔をしかめて康長は繰り返した。

「そうですか……」

大友は肩を落とした。

3

「だが、大友の説明のおかげでひとつわかったことがある」

康長は目を光らせた。

「いったいなんですか」

春菜は身を乗り出すようにして訊いた。

「俺が想像していたのとは段違いに万年筆は高価だということだ。万年筆というのはせいぜい一〇〇万円くらいだと思っていた。ところが、二〇〇〇万だの二億だのという数字が出てきた。そんな金額ならば、じゅうぶん殺人の動機として成り立つ。今回の事件は万年筆の取引に関するトラブルなどが原因である可能性が高いということだ」

眉間にしわを寄せて康長は答えた。

「おおいにあり得ますね。それに犯人は万年筆をよく知る人物ですね。なにせ凶器があの一体型万年筆ですからね」

大友は納得したようにうなずいた。

「たしかに万年筆で人の頭を突き刺そうなんて発想はなかなか出てこないからな」

康長は厳しい顔つきで言った。

「それだけじゃないんですよ。もし凶器にふつうの万年筆を用いたら、頭部に刺さったときにペン先が絶対に折れるはずです。脳に損傷を与えるほどの衝撃が掛かったわけですからね。凶器となった万年筆はステンレスボディの一体型です。ペン先がボディと離れることはありません。だから相当な衝撃でも折れない可能性がある。犯行当時、凶器の万年筆がどこに置いてあったのかははっきりしませんが、三つのケースは施錠されていたわけです。おそらくは机上のペン立てに置いてあった一本でしょう。ほかの二本はマイスターシュテュックとル・グランです。凶器に使ったら折れる可能性はきわめて高い。もし犯人が怒りにまかせてとっさにあの万年筆を手にしたとしたら、間違いなく万年筆に詳しい人間です」

はっきりとした口調で大友は断言した。

「たしかに、大友さんの言うとおりですね」

大友の言葉には説得力があった。

「それじゃあ、細川と俺はこの別荘をしっかりと観察しよう」

引き締まった顔で康長は指示した。

「了解です」

春菜は元気よく答えた。

「大友は、ここに置いてある万年筆の写真をすべて撮っておけ。あとでなにかヒントが掴めるかもしれない」

康長はポケットから何本かの金色の鍵を取り出して軽く振った。

「あれれ、陳列ケースの鍵、持ってたんじゃないんですか」

大友は頬をふくらませた。

「写真を撮るとき以外には必要ないからな。いいか、陳列されている万年筆には触るなよ。写真を撮るだけだ」

厳しい口調で康長は言った。

「わかりましたよ」

ふて腐れたように言って、大友は鍵を受けとった。

「さて、まずはこの部屋の開口部を見てみよう」

机と窓の間に立った康長はレースのカーテンを開けた。

「この腰高窓は言うまでもなく、しっかりと施錠されていた」

康長は窓の内鍵をまわした。どこでも見かけるアルミのクレセント錠だった。

「だが、仮に鍵が開いていても、犯人がここから侵入した可能性はほとんどない。窓の下にはゲソ痕は見つからなかった」

腰高窓を開けると、草の多いやわらかそうな地面がひろがっていた。

「たしかにこの地面なら足痕は残りますね」

「そう、はっきりくっきり残る地面だ……高窓は施錠されていなかったが……」

康長は二枚の高窓を見上げた。

「あれじゃ、侵入は不可能ですね」

釣られるように高窓を見て春菜は言った。

同じ一間幅だが、高さは二〇センチほどしかない。入り込める人間がいるはずはない。

「そうだ。空気の入れ換えのためか、施錠はされていなかったが、侵入経路とは考えられない」

康長はうなずいて腰高窓の鍵を閉めた。

入口と反対の西側には、セミダブルベッドが置かれていて紺色のベッドカバーが掛けられていた。布施の就寝スペースだったようだ。

「ベッドも荒らされたようすはなかった」

南側と同じような腰高窓があるが、ここには高窓はなかった。

「こちらの窓の鍵もしっかり閉まっていた」

康長はこちらもカーテンと窓を開けた。

「カーポートですね」

外から見えた赤いクルマが駐まっていた。カーポートの床はコンクリート敷きだった。

「ゲソ痕も出ていないし、ここからの侵入は考えにくい」

「北は高窓だけですね」

春菜は右手に視線を巡らした。

万年筆ケースの後ろには、どっしりした木製の書棚が三台置いてあった。

難しげな哲学の本や、美術書などが並んでいる。

北側には腰高窓は設けられていないが、もともと本棚を置くつもりだったのかもしれない。

南側と同じように、人の身長より高い位置に二枚の高窓は設けられていた。

こちらも一間幅で高さは二〇センチと変わらない大きさで、当然ながら、人間は侵入できない。

「あの高窓も施錠されていなかった。さらに開けっ放しだった。が、人は入れないな」

康長はそれだけ言って、大友の背中に声を掛けた。

「おい、まだやってるのか」

大友は陳列ケースの前で膝を突いて、写真を撮っていた。

スマホではなく、コンパクトデジタルカメラで撮る熱の入れようだ。

「もうちょっと時間をください」

シャッターを切りながら振り向きもせずに、大友はうわの空の声で答えた。

「いい加減にしろよ。ざっと撮りゃあいいんだ」

康長は苦り切った声で言って、書斎を出て隣のリビングに足を進めた。

リビングには四枚の掃き出し窓が設けられていた。高窓も四枚あった。

目の前のウッドデッキはチョコレート色に塗装された細長い板が、建物と平行に並べられた畳三枚くらいのスペースだった。木製のガーデンチェアが対面するかたちに置かれていた。

「ウッドデッキもあるし、ここは侵入経路として、もっともふさわしいと考えられた。初動捜査では念入りに調べたが、高窓も含めて施錠はしっかりされていた」

それでも康長はクレセントをまわして窓を開けた。

木々の葉が放つ香りが春菜の鼻腔をくすぐった。

「ウッドデッキにも侵入の形跡はなかったのですね」

春菜の問いに康長は大きくうなずいた。

「ああ、布施さんのものも含めてゲソ痕は出ていない。ウッドデッキはあまり使っていなかったようだ」

続けて春菜たちは、建物の東側にあるバス・トイレやサニタリー、キッチンなどを見てまわった。しかし、初動捜査の結果を覆すような進入路は発見できなかった。

さらに、春菜たちは建物の外側も見てまわることにした。

東側の小砂利の通路から建物裏手に出ると、やはり想像した通り林がひろがっているだけだった。

赤い実をつけたヤマボウシや葉が黄色く染まり始めたヤマザクラの木が多い。少し離れたところに大きなケヤキもあった。

「ずっと林が続いていますね」

春菜は林に見惚《みほ》れた。

「この建物の向こう側は南足柄《みなみあしがら》市との境界線となっている稜線が続いている。人家はまったくないはずだ」

康長は林をちらっと見ると、書斎の高窓に視線を移した。

「建物裏側からの侵入はあり得ないが、そもそもあの高さだからな」

コンクリートの基礎があるため、高窓の高さは地上から三メートルくらいはある。ハシゴでも使わない限り、部屋を覗き込むことすらできない。

カーポート周辺を見てまわり、建物の外部のチェックが終わった。

内部の点検でもわかっていたことだが、この建物にはドアは玄関以外には設けられていなかった。

「やはり、犯人は布施さん自身によって、玄関から招き入れられたと考えるしかなさそうだな」

建物外部のチェックを終わり、玄関ポーチまで戻ってきた康長の結論だった。

春菜もまったく同じ感想を抱いた。

ドアが開いて大友がひょっこりと顔を出した。

「終わりましたよん」

大友は嬉しそうに笑っている。

「ずいぶん熱心だったな」

康長は皮肉っぽい笑顔で言った。

「モンブラン以外にも、いくつも貴重な万年筆がありましたからねぇ」

ドアから出てきた大友は意に介さぬ風に答えた。

「あの壊れていた万年筆と同じタイプのものは見つかったか」

康長の問いに、大友は首を横に振った。

「いいえ、ここにはありません。まぁ、ふつう同じモデルを二本買うことは滅多にないと思いますから……ところで施錠は外からですよね」

大友の問いに康長は首を横に振った。

「そのドアは電子錠でオートロックだ。外へ出れば自然に鍵が掛かる。それで退室時刻も記録されるシステムだ」

「そうでしたね。いやいや、ついうっかり」

ドアノブに手を掛けて、大友は鍵の掛かり具合を確認した。

春菜たちは玄関ポーチから階段を下りた。

「ちょっとお待ち頂けますかね」

大友はいきなりカメラを取り出して別荘の外観を撮り始めた。

背後の北側にもまわって、一〇分ほどしてからカーポートの脇から姿を現した。

「お待たせしましたぁ。外側もすっかり写真に収めましたん」

春菜たちの立つ場所に帰ってきた大友は、奇妙な声を張り上げた。

「で、大友名警部どのは、現場を見てなにか気づいたことはないのか」

冗談めかして康長は訊いた。

いつぞやの温泉事件で大友は密室の謎を解き、ふざけて自ら名警部を名乗ったことがあった。

「とくに気づいたことはないですなぁ。今回は布施さんが招じ入れた顔見知りの人物が犯人でしょうが、正体を示すようなものはなにも見つかりませんねぇ」
冴えない顔で大友は言った。
万年筆に心を奪われて、名探偵大友警部の力も発揮できないのか……。
春菜は内心で笑いを嚙み殺した。
「まぁ、これから調べてゆくしかないな……さぁ、帰るぞ」
康長は先に立って覆面パトカーへと歩き出した。
春菜はクルマに戻る前にまわりの景色を見まわした。
さわやかな高原の風が頰を撫で、小鳥の鳴き声が響いてくる。
凄惨な事件が起きた現場とは信じがたい仙石原だった。

# 第二章　沼の住人

## 1

翌日の午後四時少し前、春菜は海老名駅で相鉄線からＪＲ相模《さがみ》線に乗り換えた。

橋本行きのこの電車のどこかに康長は乗っているはずだ。動き回るのも迷惑なので、春菜は乗りこんだ車両のシートにおとなしく乗っていた。

海老名を出た電車の車窓はいささか不思議だった。右手は住宅地なのに、左手は田園地帯の景色がずっと続いているのだ。

電車は相武台下《そうぶだいした》という駅に停車した。一面の田んぼがひろがる向こうの空に青い丹沢の稜線がくっきりと浮かび上がっている。県警本部から一時間ほど電車に揺られてきたが、まるでどこか遠い土地に旅しているような気分になった。

春菜が乗った橋本行きの電車が停まっている間に、反対方向からは茅ヶ崎行きの電車がやってきた。

故郷の城端《じょうはな》線で高岡市の高校に通っていた春菜にはすぐにわかった。

なんと相模線は単線で、この駅で列車交換するのだ。

そんなことを考えているうちに電車は動き出し、すぐに協力員の藍原秀人と待ち合わせている下溝《しもみぞ》駅に到着した。

ホームに降り立つと、少し前方の車両からスーツ姿の長身の男が降りてきた。

やはり康長はこの電車に乗っていた。

「よぉ、お疲れ」

康長が歩み寄って声を掛けてきた。

「お疲れさまです」

春菜は明るい声で答えた。

「いやぁ、下溝は遠いな。小田原署から一時間半も掛かったぞ」

康長はわざとらしく嘆き声を上げた。

「本部からも同じくらいでした」

春菜は笑顔で答えた。

改札口には簡易Ｓｕｉｃａ改札機があるだけで、出札口をはじめどこにも駅員の姿もなかった。どうやら無人駅らしい。

故郷の城端線では珍しくないが、県内でこうした無人駅は少ない。

電車から降りた人たちが改札を出てゆくなか、ひとりの若い男がぽつんと立っていた。

ライトブルーの薄手のジャケットを羽織ってストレートデニムを穿《は》いている。

「あのう……もしかして警察の方ですか」

男は遠慮深い口調で訊いてきた。

「はい、藍原さんですね」

春菜はにこやかにあいさつした。藍原は待ち合わせの五時より前に駅に来ていた。

「そうです。よろしくお願いします」

藍原は几帳面な表情で頭を下げた。

丸顔であごが尖った端整な顔つきで、品がいい感じの若者だ。

二七歳という年齢よりも少し若いような印象を受ける。黒い小ぶりなデイパックを背負っている姿は学生のようにさえ見えた。

「お電話した刑事部の細川です。わたしたちがよくわかりましたね」

警察手帳を取り出す間もなく、春菜たちが警察官だと気づいた。

スーツ姿の男女は、さっきの電車から何人も降りてきたのだ。

「いや、そちらの方がいかにも刑事さんって感じなんで」

藍原はちらっと視線を康長に向けた。

たしかに康長はどこか厳しい顔つきをしているかもしれない。

だが、すぐに気づく藍原は、鋭いところを持っているような気がする。

「俺、目つき悪いですかね」

片眉をひょいと上げ、冗談めかした口調で康長は言った。

「そ、そういうわけじゃないんですけど」

あわてたように、藍原は答えた。

「刑事部の浅野と言います……どこかでゆっくりお話を伺いたいんですが」

康長はやわらかい口調で言った。

「在宅ワークが中心なんで、つい家の近くの下溝駅までお出で頂きました。でも、このあたりってカフェとかないんですよ。橋本まで出れば、いくらでもあるんですけど」

肩をすぼめて藍原は答えた。

「いいえ、わたしたち海老名から来たんで橋本より近くてよかったです」

にっこり笑って春菜は答えた。本音だった。

「じゃあ、海老名まで行きますか」

「そんな必要はないです。俺たちはどこでもお話は聞けますから」

機嫌のよい声で康長は言った。

「では、そこのソーセージとパンのお店でホットドッグでもいかがですか。手作りで美味しいんですよ」

藍原は表情をゆるめた。

「いいですね、わたしホットドッグ大好きです」

春菜は明るい声で答えた。

「ではでは、ご案内します」

先に立って藍原は歩き始めた。

駅前の細い道を進み、比較的交通量の多い道路に出たところに、《ソーセージとパンのお店　フルス》という看板が立っているちいさな店があった。

「イートインもできますが、この下に三段の滝展望広場っていうのがあります。そこで食べるのはどうでしょう。眺めがいいんですよ」

藍原は気を引くように言った。

「公園に行ってみたいです。こんないいお天気ですし」

春菜は声を弾ませた。

「あの……芝生に座るような感じでも大丈夫ですか。ベンチないんです」

遠慮がちに藍原は言った。

「俺たち、道ばたの電柱の脇でも話は聞けますから」

康長は気楽な調子で言った。

「わかりました。皆さん、ホットドッグとコーヒーでいいですね」

春菜たちがうなずくと、藍原はさっさと店に入っていった。

あわてて春菜も藍原に続いた。

洒落《しゃれ》た店内には、さまざまな種類のパンとソーセージがずらりと並んでいた。

パッと見ただけで美味しそうで、春菜のお腹はくぅと鳴った。

「いらっしゃいませ」

若い女性が愛想よく出迎えてくれた。

藍原がオーダーして、春菜が支払いを済ませた。

待つことしばし、四角い紙バッグに入ったホットドッグを受けとって春菜たちは店を出た。

道路を渡ったところに下溝のバス停があって、フェンスの向こう側には木の間越しの遠くに大きな川が光っている。

「あれは相模川ですよね」

春菜は電車のなかでマップを見ていたのですぐにわかった。海老名からずっと相模川を北上してここまでやってきたのだ。神奈川県を代表する大河である相模川は、忍野《おしの》八海《はっかい》や山中湖に端を発し、県内を南下して茅ヶ崎市と平塚市との間で相模湾に注いでいる。相模線は相模川左岸沿いに線路が延びているのだ。

「はい、そうです。このあたり一帯は相模川が作った河岸段丘なんですよ。ここは左岸の崖の上ということになります。ここから県道沿いに三、四分歩いたところに展望公園の入口があります」

藍原は道路に沿って海老名方向に歩き始めた。

すぐに公園名を記したゲートが現れ、川のほうへと下る長い階段が延びている。

「わぁ、すごい」

展望デッキという場所まで下りて春菜は歓声を上げた。

目の前には川べりの林と対岸の街並みの間にゆったりとうねる相模川が大河の貫禄を見せている。陽の光を受けて川面はガラスを思わせる輝きを見せていた。

対岸の遠景には、丹沢山塊が青い稜線を堂々と延ばしている。太陽は丹沢の上空で存在感を誇示していた。

相武台下で見えた丹沢よりもさらに美しく見えるのは西陽の位置のためかもしれない。いや、やはりガラス越しの電車内とはまったく違うのだ。

階段を下りた三人は藍原の案内でゆるやかな散策路を下って芝生の広場に出た。

「あっちの滝自体は人工なのでたいしたことないです。とりあえずこの芝生あたりでホットドッグを食べませんか」

藍原の言葉に春菜たちはいちようにうなずいた。

「はい、ここがいいです」

春菜が答えると、藍原はデイパックを肩から下ろしてごそごそやっている。

「あの、よければ……これ使いませんか」

取り出したのは青系のチェック柄のレジャーシートだった。

「へぇ、用意がいいですね。ありがたいです」

康長は目を見張ってから、にこやかに言った。

「ちょっと引かれるかもしれないと思ってたけど……よかったです」

藍原は笑顔を浮かべて芝生の上にレジャーシートを敷いた。

三人はなんとなく輪になってシートに座った。この場所は県道の走る東側以外は三方向ともパノラミックな風景が望める。

「なんだかピクニックに来たみたいですね」

春菜ははしゃぎ声で言った。

「天気のいい日は、ここで寝転んで本を読んだり、ビール飲んだりするんです」

嬉しそうに言って、藍原はシート上の紙袋からホットドッグを取り出して春菜たちに渡した。

「さぁ、メシにしよう」

康長が音頭を取って春菜たちはホットドッグに手をつけた。

なめらかな食感のソーセージは、嚙みきるとジューシーな肉汁が口の中にあふれてすごく美味しかった。ライ麦の多いドイツパンと相性は抜群だった。香ばしく、いままで食べてきたホットドッグとは違う食べ物のように感じた。

お腹が空いていた春菜はコーヒーとともにあっという間に平らげた。

「こりゃあ、ビールがほしくなるなぁ」

康長は気楽なことを言って、ホットドッグに舌鼓を打っている。

「あのお店にはドイツビールもあるんですけどね」

申し訳なさそうに藍原は言った。

「すみませんね、俺たちにつきあわせちゃって」

康長は明るい声で答えた。

「いえ……」

ちょっと気まずそうに藍原はうつむいた。

こちらは勤務中なのだからアルコールを摂れないのはあたりまえの話だ。にもかかわらず藍原は自分のせいでもあるかのような顔つきをしている。

かなり繊細なタイプだなと春菜は感じた。

「お時間を頂きありがとうございます。刑事部専門捜査支援班で捜査協力員の皆さまの担当をしております細川と申します」

春菜はとりわけて明るい声で名乗って名刺を渡した。

藍原は春菜の名刺をちらっと見てポケットにしまった。

「僕は藍原秀人といいます。都内のゲーム・メーカー《ジュエル》に勤めています」

背筋を伸ばして、きまじめな感じで藍原は名刺を渡した。

肩書きはシナリオライターとなっていて本社は渋谷区にある。

「わたしゲームはあまり詳しくなくて……シナリオライターというと、ゲーム内のキャラのセリフなどを書くお仕事ですか」

「セリフももちろんですが、まずゲームのストーリーを考えます。それからストーリーがどのように分岐してゆくか、どんな風に伏線を埋め込むかも決めていきます。負けずに大事なのがキャラの設定ですね。さらにセリフ以外にト書きにあたる部分やアイテムの説明文などのテキストはすべてシナリオライターの仕事です。ゲームクリエーターには、プロデューサー、ディレクター、プランナー、プログラマー、デザイナー、イラストレーター、サウンドクリエーターなどさまざまな仕事があります」

表情を変えずに、藍原は説明した。

「なんか、テレビドラマや映画制作のスタッフと似ていますね」

春菜の言葉に藍原は大きくうなずいた。

「そうです、そうです。そんな感じの役割分担ですね。で、仕事のほとんどは自宅でできるので、下溝の実家に住んでいます。渋谷までは橋本乗換えで一時間ちょっとです。会社までは一時間半は掛からないんですよ。おまけに出社するのは週に一回くらいですので」

「すると、渋谷まではうちの県警本部《カイシャ》と同じくらいですね」

春菜は少し驚いていた。旅に来たような気分を味わっていたが、このあたりは都内まで通勤圏と言えるのだ。

「意外と遠いんですね。ところで、僕は万年筆ジャンルで登録しています。そんなマイナーな分野でもお役に立つことがあるんですね」

不思議そうに藍原は訊いた。

「はい、実はいま万年筆が関係している事件が発生しまして……藍原さんは万年筆にお詳しいのですよね」

「ただ、好きなだけです。詳しい人は世の中にゴマンといると思います。ただ、いちばん好きな趣味と言っていいです。まぁ、お呼びが掛かることはないだろうけど、なにかがきっかけになって万年筆を理解してくれる人が少しでも増えてくれればという気持ちで登録しました」

控えめな調子で藍原は答えた。

「ご登録頂いてありがたいです。最初に注意事項をお話ししますね」

春菜はいつものように登録捜査協力員は職務についている間は、非常勤特別職の地方公務員として扱われることを説明した。続けて、法律上の守秘義務はないが、ここで聞いた話を他言しないことを厳守するようにとの注意を伝えた。

「わかりました。少なくともここで聞いたことを、ほかでは絶対に喋りません」

きまじめそのものの口調で藍原は答えた。

「あの……わたしは万年筆って使ってこなかったんです。なんか過去の筆記具ってイメージがあって……今回の事件に関わってそれが偏見だということはわかったんですが……藍原さんはどうして万年筆を使うようになったんですか」

春菜は気軽な質問から始めた。藍原の気持ちをほぐしたかった。

「えーと、ちょっと恥ずかしいんですけど……」

藍原はうっすらと頬を染めた。

「無理にお話しにならなくてもいいですよ」

「いいえ、実は中学生のときに観た映画の影響なんです」

ちょっと目をそらして藍原は言った。

万年筆を題材にした映画なんてあったろうか……。春菜は首を傾げた。

「お！　その映画ってもしかして『クローズド・ノート』じゃないか」

康長が嬉しそうな声を出した。

「ご存じでしたか」

藍原の顔がパッと輝いた。

「大人気だったよな」

なつかしげな康長の声だった。

「二〇〇七年に公開された映画ですね。原作は雫井脩介先生の長編小説です。木村拓哉さん主演の『検察側の罪人』や堤真一さん主演の『望み』などの映画の原作小説も書いておられます。僕は同級生に誘われてあの映画を橋本の映画館に観にいったんです」

なめらかな口調で藍原は言った。

「なにせ沢尻エリカが素晴らしくかわいかった。ところが、この映画の初日舞台あいさつで、彼女はすごく不機嫌な態度だった。司会者の『印象に残ったシーンは？』の問いに『特にないです』と答え、現場にクッキーを届けたエピソードについての問いには『別に』と答えて世間の人々から不興を買った。まだ二一歳なのにつけあがっている。なんて高飛車な女だとバッシングを受けた。俗に『「別に……」騒動』とか呼ばれていたんだ。細川は覚えているか」

なんとなく得意げに康長は言った。

「あ……なんとなく」

春菜はぼんやりとした声で答えた。

たしか、彼女はいつまでもバッシングされたのではなかったろうか。

その後、大活躍が続いたが、いまはまた薬物事件で休業中となっている。

「その話は思い出したくないです」

顔をしかめて藍原はちょっとつよい声を出した。

「すまん、君は沢尻エリカのファンだったか」

康長はかるく頭を下げた。

「そうじゃないんです。あの映画で僕は堀井香恵さんのファンになったんです」

藍原は瞳を輝かせてきっぱりと言い放った。

「誰だっけ？」

康長は首をひねった。

「作中で沢尻さんが演じた女子大生です。彼女は京都のちいさな老舗《しにせ》文具店《イマヰ万年筆》でアルバイトをしています。小学校の教員目指して勉強している大学ではマンドリンクラブに入っている。地味な女性です。恥ずかしいのですが、一四歳の僕は、香恵さんに恋してしまったんです」

またも藍原は頬を染めた。

「わかる。わかるよ。あの映画の沢尻エリカは最高にかわいかったもんな」

目尻を下げて康長は言った。

康長はわかっていない。藍原少年はあくまでも堀井香恵のファンだったのだ。沢尻エリカが演じた香恵のファンなのではない。そんな甘酸っぱい疑似恋愛は小学生の頃の自分にも経験がある。

あの頃、流行《はや》っていた仲間由紀恵主演の『ごくせん』。そのなかで松本潤が演じていた沢田慎という高校生に春菜は憧れた。いまで言う「推し」なのだろうが、その頃は本気で恋していた。だが、恋したのは妹思いで友情に篤い沢田慎であって、嵐の松本潤ではなかった。だから、そのドラマ以外の松本潤にはまったく興味がなかった。どんなドラマに出ているのかもよく知らない。

おじさんになった康長だって、同じ経験をしたかもしれない。すでに忘れてしまったのだろう。

沢尻エリカの『「別に……」騒動』も、藍原の香恵という架空の女性への思いを壊すことはなかったのではないか。沢尻エリカと香恵は、藍原にとっては別の人格なのだ。

「行定勲《ゆきさだいさお》監督の映像はあまりに美しかった。オープニングで香恵さんが引っ越してくる古い洋館のアパートはセットだそうですが、桜の散る引っ越しシーンからグッと引き込まれたのです。まじめでやさしく愛らしく、ちょっと気の強い香恵さんにぞっこんになってしまいました。いわゆる疑似恋愛というヤツですね。まわりの同級生の女子などがすべて霞《かす》んでしまいました」

うっとりとした口調で藍原は言った。

「それで、香恵さんは文房具店でアルバイトをしていたのですね」

話を万年筆に戻さなければならない。

「はい、そうなんです。彼女の勤めている《イマヰ万年筆》は、外観だけ中京区の寺町二条の古い洋菓子店を使っていて店内はセットです。これがまたいいんですよ。少なくとも昭和初期から続いているような文房具店です。香恵さんは先輩で店のオーナーの娘でもある可奈子先輩……永作博美《ながさくひろみ》さんが演じています。その可奈子先輩に万年筆のことをいろいろと教わるんですね。黒いストレートヘアのふたりが白いブラウスにブリティッシュグリーンの制服を着てカウンター代わりの陳列ケースの後ろに並んでいる姿は本当に美しい。もちろん背後のガラスの入った棚も万年筆がずらりと並んでいます。そこで、僕は可奈子先輩の言葉に影響を受けました」

藍原は神妙な顔で言った。

「どんな言葉なんですか」

春菜は身を乗り出すようにして訊いた。

「なかなか万年筆を売ることができない香恵さんに可奈子さんが言うんです。万年筆を売るにはストーリーが必要だって……。そこで出てくるのがイタリアのデルタ社のドルチェビータ・ミニという万年筆なんですよ。澄み切ったオレンジ色に白い宝石のような模様が散らされたレジンの軸がうっとりするほど美しいベスト型の万年筆です。で、香恵さんはいまは亡きお父さんからこの万年筆を高校の入学祝いにプレゼントされているんです。可奈子先輩は言います。『南イタリアの太陽の色。お父さんの愛情が伝わる一品だよね。明るく伸びやかに勉学に勤《いそ》しんでほしいっていう、お父さんの娘を思うストーリー』……僕はこの言葉にやられました。そうか、万年筆にはストーリーがあるんだって……。そんな筆記具ってなかなかないと思ったんですよ。そのときから僕は万年筆ファンになりました。僕なりにストーリーを持った筆記具を手に入れたくなったんです」

藍原の瞳には輝く光が宿っていた。

「素敵ですね。ストーリーを持った筆記具って」

本気で春菜はそう感じていた。

いままで考えたこともない話だった。

「この『クローズド・ノート』のおかげで、日本には一大万年筆ブームが巻き起こりました。万年筆を扱う通販サイトも次々に生まれました。さまざまな限定モデルもリリースされました。ドルチエビータはそれこそ飛ぶように売れていったのです。僕もその頃はドルチエビータ・ミニがほしくてほしくてたまりませんでした。でも市場価格で八万円以上するんで、とてもではないですが、中高生の手には入りませんでした。それどころか中学生の身分で万年筆など買えば、贅沢だってオヤジに怒られたはずです。オヤジは相模原市役所に勤めてますが、長年役所から支給されてる一本七〇円くらいのボールペンで仕事してます。万年筆は贅沢品で単なる嗜好品としか思ってないんですよ。まぁ、オヤジみたいな考えの人がふつうだと思います」

藍原は軽く顔をしかめた。

「正直、俺にもオヤジさんの気持ちはよくわかる。俺が仕事で使ってるのも、藍原さんのオヤジさんと同じような使い捨てボールペンだからね。あの透明なプラスチックのヤツだよ」

康長は軽くうなずきながら言った。

「まぁ、ふつうはそうでしょうね。それで、高校一年のときにようやくバイト代で初めて万年筆を買いました。それは二〇〇九年にパイロット万年筆からリリースされたカスタム・ヘリテイジ91というベスト型の万年筆です。もちろん金ペンです」

なつかしそうに藍原は言った。

「金ペンってなんですか。金色のペン先のことじゃないんですよね？」

春菜の素朴な疑問だった。

「もちろんペン先の色の問題ではありません。金ペンでもロジウムやプラチナのコーティングで銀色に輝くモデルは珍しくありません。万年筆のペン先はむかしから大きく分けて金を使うモデルとステンレススチールを使うモデルがありました。金の場合、純金ではなく14金と18金が一般的ですが、セーラー万年筆は21金モデルを通常のラインナップに揃えています。

これらを金ペン、ステンレスのペン先モデルを鉄ペンなどと俗称しています。現在モンブランのスターウォーカー・シリーズの一部などでセラミックのペン先もリリースされています。また最近はチタンのペン先も存在します。でも、これらはやはり特殊です」

「24金が純金だよな。やっぱり21金とか、18金のほうが高級な万年筆で書き味もいいのかな」

康長の質問は、春菜も訊きたかった。

「そうとも言い切れません。もともと金をペン先に使うのはインクに対する耐酸性を強めて錆《さび》や腐食を防ぐ目的でした。金ペンは鉄ペンに比べてしなやかな書き味を持っています。やわらかい書き味という人もいます。でも、やわらかすぎるという人もいます。もっともペン先のやわらかさは素材とは別の要素、たとえばスリットの入れ方などの設計の違いもあるのですが……。とにかく最もバランスがよいのは14金だとも言われています。それぞれのメーカーごとに金ペンの配合には心を砕いているはずです」

そう言えば、大友がペン先とペン芯が大切だといっていた。

「カスタム・ヘリテイジ91に話を戻しますと、一万円程度で手に入るこのモデルには当時は透き通るオレンジのカラーもあったのです。もちろんドルチェビータを買えない悔しさを満たすためのものでした。カスタム・ヘリテイジ91は、とても書き味がよく、いまでも使い続けています。ただ、だんだん年齢が上がっていくに従って、この万年筆が僕のストーリーなのだろうかと考え始めたのです」

藍原は気難しげに眉をひそめた。

「どういうことですか」

春菜は首を傾げた。

「つまりこのモデルは香恵さんのストーリーの幻を追いかけただけの万年筆ではないかと……もちろん、高校に入った頃には堀井香恵さんへの疑似恋愛は終わっていました。さらに万年筆を使い始めると、ボディの美しさばかりではなく書き味もいろいろと試してみたくなるのです」

「なるほど、本来は書き味を追求するものだろうからな」

考え深げに康長は言った。

「はい、ボディなどの美しさはやはり魅力的ですが、書き味が伴っていなければ意味がありません。いつしか僕は書き味にもこだわるようになっていったのです」

まじめな口調で藍原は言った。

「まぁ当然の帰結のような気がするな。万年筆は筆記具なんだから」

あっさりと康長は言ったが、それだけではないと春菜は思うようになっていた。

そのとき、三段の滝の方向からひとりの若い女性が柴犬を連れて現れた。

ブリーチの入ったデニムに白いブルゾンを着た女性は、脚が長くなかなかの美形だ。

面長で鼻筋の通った気の強そうな容貌が人目を引く。

「あれっ、藍原くん？」

春菜たちが座る場所に近づいた女性は驚きの顔で藍原を見た。

「美穂《みほ》さん……」

まるで悪いことをしているかのように、藍原は引きつった顔になった。

「彼女さんとデート？」

美穂と呼ばれた女性は、春菜をちらっと見て訊いた。

「ち、違うよ」

舌をもつれさせて藍原は答えた。

「そうね、違うか……」

康長に目をやって美穂は言った。

「でも、なんかお似合いのふたりって感じだね」

微妙な笑みを浮かべて美穂は春菜と藍原を見比べた。

「なに言ってんだよ」

口を尖らせて藍原は言った。

「でも、かわいい人ね。じゃあ、失礼します」

トゲのある口調で美穂は言い残すと、展望デッキに続く階段に向かって歩き去った。

「あの……彼女は高校の同級生なんです」

美穂の姿が消えると、藍原は言い訳するように言った。

「藍原さん、あの女性に気があるのか」

からかうように康長は訊いた。

「いや……その……」

顔を真っ赤にして藍原はうつむいた。

図星のようだ。まるで高校生のようだなと春菜は思った。

「でも、なんだか誤解を招いたみたいだな」

おもしろそうに康長は笑った。

「細川さんがかわいいんで、彼女、不機嫌になったみたいです」

いくぶんちいさな声で上目遣いに藍原は言った。

「そんな……」

春菜は答えに窮した。そうだとすると、美穂も藍原を憎からず思っているのだろう。

「失礼ですけど、細川さんって僕よりもずっと若いですよね」

遠慮深い調子で藍原は訊いた。

「えー、歳上ですよ」

藍原は二七歳だ。春菜は三歳年上ということになる。

「そうなんですか。大学出たてくらいかと思っていました」

目を見開いて藍原は言った。

若く見えるという話を春菜は飽きるほど聞いてきた。

「話を戻すとしようか」

康長が軌道修正に入ると、藍原は恥ずかしそうにうなずいた。

2

「ところで、万年筆のペン先の種類ってどれくらいあるか知っていますか？」

気を取り直したように藍原は春菜の顔を見て問いを発した。

「えーと、細字とか太字とかっていうのですか。五種類くらいですか？」

春菜なりに文房具店の店先を思い出して答えた。

だが、藍原ははっきりと首を横に振った。

「もっとずっとたくさんありますよ。たとえばパイロットの場合には一般ペン先でエキストラファイン、ファイン、ファインミディアム、ミディアム、ブロード、ブロードブロード……つまり極細のEF、細字のF、中細のFM、中字のM、太字のB、極太のBBと六種類です。さらにソフト調のペン先が三種類、特殊ペン先が六種類と、あわせて一五種類用意されています」

藍原はポケットからスマホを取り出して、メーカーサイトを提示した。

説明文もあるが、スマホの画面では小さくて読み取れない。

一五種類のペン先と、筆記例の写真が並んでいる。

春菜と康長は顔を見合わせた。

「特殊ペン先ってどういうものですか」

下のほうに並ぶ写真を見ながら春菜は訊いた。

「たとえばファルカンという毛筆のような筆跡となるものや、コースというBBよりも太いもの、またミュージックという楽譜専用のペン先などがあります。五線紙に楽譜を書くのに適したペン先です」

「楽譜専用ですか」

春菜は驚きの声を出した。

そんな特殊なペンにも需要があるのだろうか。

「楽譜だけでなく、漢字も書けますし、デザインする際などにも使うそうです。ミュージックはセーラー万年筆とプラチナ万年筆でも出しています。つまり日本の三大メーカーすべてがミュージックを出しているわけです」

「な、なるほど……」

需要はあるのだ。世間に楽譜を書く人がそんなにいるとは思わなかった。

「さらにおもしろいのは、プラチナだけはペン先のスリットという切り割りが二本あるのです。インクを潤沢にフローさせるための構造ですが、僕の知る限りでは世界中にこの楽譜ペン以外にはスリットが二本あるペンはないと思います」

藍原はにまっと笑った。

「珍しいんですね」

我ながらマヌケな答えだと春菜は思った。

「パイロット万年筆の特殊ペン先では、カスタム７４３というモデルのコースを持っています。地味なバランス型の黒い万年筆ですが、僕は毎日のように使っています。書いていて本当に楽しくなるモデルです」

嬉しそうに藍原は答えた。

「コースは極太よりも太いんですよね」

春菜は念を押した。

「ええ、サインや宛名書きなどの用途を前提としていますから、とても太い字が書けるペン先です。万年筆の文字の太さは、ペン先の先端に溶接してあるペンポイントの大きさで決まります。通常はイリジウムなどの摩擦に強い金属を用います。コースの場合、ポイントは顔が映って見えるほど大きいです」

「そんな太いペンを、藍原さんはどんな用途に使っているのですか」

「僕は、ゲームのアイディアを練るときに重宝しています。インクフローがものすごくよいので、まったく力を掛けずに文字が書けます。頭の中で思い浮かべたことをメモしてゆくときに次々に文字にできるので、思考の中断がないのです。さらに手が疲れません。ただし、ものすごい量のインクを使いますけどね」

藍原はおもしろそうに笑って言葉を継いだ。

「僕に限って言えば、キーボードはアイディアを練るツールとしてはまったく向いていません。手書きとキーボード入力では脳の使う部位が異なるようです。手書きは僕の脳のクリエイティブな部分を刺激するんですね。仕事はすべてデジタルで入稿というか提出しますが、準備段階では万年筆がメインです。でも、書き味がよくないと、まったく役に立たないのも事実です」

藍原は朗々とした声で言った。

春菜は藍原の声にクリエーターの自信を感じた。

「わたしも事件の全体像を考えるときなど、アナログの筆記具を使っています」

そういえばいつもそうだ。

春菜は考えやすいからアナログ文具を使うのだ。

「事件を考えるときも、大脳のクリエイティブな部位を使っているのですね」

興味深げに藍原は言った。

「ただし、手帳や大学ノートと水性ボールペンですが……」

万年筆には縁がなかった。

「水性ボールペンや、ゲルボールペンも悪くないですが、思考を喚起するためには万年筆をお奨《すす》めします」

藍原は言葉に力を入れた。

「それにしても、いろいろなペン先があるんですね……どれを選べばいいのか悩みますね」

いまの春菜は万年筆を使いこなせる自信はなかった。

「セーラー万年筆ではスタンダードペン先として七種類。そのほかにオリジナルペン先と称する独特のものが七種類あります。むかしはもっとあったんですけどねぇ」

「あ、ミュージックとかですか」

「セーラーではミュージックはスタンダードペン先に分類しています。セーラーの代表的な特殊ペン先は長刀研《なぎなたと》ぎでしょうねぇ」

変わった名前のペン先が出てきた。

いったいどんなかたちをしているのだろう。

「長刀だって？　おだやかならぬ名前のペン先だな」

康長は聞きとがめた。

「いや、見た目はそれほど奇妙なものではありませんよ」

藍原はスマホをふたたび見せた。

名称とは裏腹に、ちょっと長めのペン先に過ぎない。

「そうだな。もっと武器みたいなものかと思っていたよ」

康長はほっとしたような声を出した。

「公式サイトの説明では、『一九一一年の創業当時から伝わる長刀研ぎは、戦後万年筆の大量生産化が進みペン先加工も機械化が進むと一時姿を消しましたが、ペン職人小山群一、長原宣義らによりその技は継承されてきました。一九九一年頃、お客様の声を参考に「斜めにしても書ける万年筆」を目指し、長原宣義が創業当時の研ぎ方をさらに改良する形で、現代の長刀研ぎとして復活させました』ともあります。長原宣義氏は大変に有名なペン職人さんで、セーラー万年筆の黄金時代を作った方とも言われていますが、惜しいことに数年前に亡くなりました。僕も中古ですが、長原氏本人の手がけた長刀研ぎを一本持っています。二〇万円ほどで入手できてラッキーでした。さすがに素晴らしい書き味で手紙などを書くのには最高です」

藍原はスマホを眺めながら一気に喋った。

万年筆の制作者に個人名が登場するとは思わなかった。陶芸や漆芸、ガラス工芸などのような「作家もの」と言っていいのだろうか。

「さて、我が国のもうひとつの大メーカーは、プラチナ万年筆です。プラチナでは、超極細、極細、細字、細軟、中字、太字、極太、ミュージックの八種類のペン先を用意しています。細かい漢字を書くのに適したペン先を指向していて、インクフローは渋めに設計されています。ですが、プラチナのあの独特の繊維な書き味も好きです。さらに万年筆の弱点であるインクの乾燥を防ぐために、プラチナ万年筆が開発した完全気密の『スリップシール機構』は素晴らしいものです。年に一、二回しか使わなくてもいきなり書き出せるのです。これはある意味、万年筆史上のエポックメーキングな技術と言っていいと思います」

藍原は背筋を伸ばした。

「プラチナ万年筆もお使いなんですか」

春菜の問いに藍原はにっと笑った。

「もちろんです。僕が気に入っているのは、二〇一九年に創業一〇〇周年を記念してリリースされた、センチュリー・ザ・プライムです。プラチナ万年筆は一九六七年に世界で初めてペン先にプラチナを採用したプラチナ・プラチナというモデルを発売しました。ザ・プライムはこのモデルのデザインを踏襲しています。銀無垢ボディに二重格子柄が入っていて、昭和レトロな雰囲気がなんとも言えないです。ペン先は14金で、世界限定二〇〇〇本です。当然ながら『スリップシール機構』を備えています。僕は細軟字を使っていますが、外に持ち歩いています。いきなり手帳を書くときなどにすごく便利です。しかもシリアルナンバー入りで、僕のは９４９番です。奇《く》しくと読めます。神秘的であるとか、神妙である、さらには一風変わっているという意味なので気に入っています」

藍原は目尻を下げた。

なるほど限定万年筆にはシリアルナンバーが入るモデルもあるのか。

「いくらくらいするんですか」

恐れつつ春菜は訊いた。

「一〇万円の定価でした」

なんだかほっとした。

大友や藍原の話を聞いているうちに金銭感覚がおかしくなっている。

「ちなみに世界限定一〇〇本のプラチナ仕様というのもあります。こちらのペン先はプラチナ製です。ボディもプラチナ仕様で一〇〇万円で発売されました。僕には手が届きません」

油断した。さらに限定モデルがあったのか……。

「モンブランと同じだな。限定品のなかの限定品というヤツだ」

康長は低くうなった。

「とにかく、細かい漢字を書くには、滲みにくいペン先を持つプラチナ万年筆はすぐれています」

宣言するように藍原は言った。

「ペン先の種類でさまざまな書き味が生まれることは、よーくわかりました」

言葉を口にして春菜はほっと息をついた。

「三大メーカーだけで説明を留めておきますが、ほかにも台東区の中屋万年筆のような中堅メーカーや、戦前からの伝統を誇る鳥取市の万年筆博士、葛飾区の久保工業所、久保さんのお弟子さんが近年スタートした同じ葛飾区のＦＵＲＵＴＡのような工房も見逃せません。これらの製造元はオーダー万年筆を中心としています。僕は中屋さんに手を出しているだけですが」

藍原の口ぶりでは、オーダー万年筆も揃えていくつもりのようだ。

「ほかにもメーカーがあるんですね」

春菜は頭がクラクラしてきた。凶器のシルバーの万年筆やペン先の折れた謎の万年筆の正体が摑めないのもあたりまえだ。

「ところで、万年筆の書き味を表すオノマトペは九種類もあると言われています」

平らかな口調で藍原は言った。

「えー、そんなに！」

春菜はかるく叫び声を上げた。

「コリコリ、カリカリ、シャキシャキ、ピーピー、ニュルニュル、シャラシャラ、ザラザラ、カサカサ、ヌラヌラ……こんなところです」

歌うような調子で藍原は言った。

「万年筆を使っていないわたしには、なにがなんだかわかりません」

春菜の正直な気持ちだった。

「そうでしょうとも。僕だってきちんと説明できません。そうだなぁ、プラチナ銀無垢はコリコリという感じかな。万年筆を趣味にして何年か経つと、たいていの人が一度はヌラヌラを経験したくなると言われています。僕のパイロット・コースはけっこうなヌラヌラ感を味わえます」

藍原は口もとに笑みを浮かべた。

「ヌラヌラってどういう感じの書き味ですか」

イメージが掴みにくかった。

「インクフローが潤沢。つまり泉が湧くようにどんどんインクが出てくるということが前提ですね。それで太字でなければならないでしょう。そもそも万年筆の英語はファウンテンペンですが、直訳すると泉のペン。つまりインクが泉のように湧き出ることからその名がついたのです。ちなみに明治一七年に輸入された最初の万年筆は丸善で《針先泉筆《しんせんせんぴつ》》の名で販売されたそうです。翌年の東京横浜新聞には萬年筆の名が見えます。いずれにしても、潤沢なインクフローは万年筆の本分と言ってよいと思います」

自信たっぷりに藍原は言った。

「な、なるほど」

「さらにインクにもある程度の粘り気があるほうがヌラヌラ感が強いのではないでしょうか。

エイ出版という会社が出していて、現在はヘリテージという会社が事業継承している『趣味の文具箱』というＭＯＯＫによれば、黒インクではドイツのペリカン社のブラックがいちばん粘性が高いそうです。流体の粘度を示す『ミリパスカル秒』という単位でペリカン・ブラックは一・四五です。ブルー系では合衆国のモンテベルデ社のブルーが一・三三で最高だそうです。だから、たとえばペリカン・スーベレーンＭ１０００のＢＢＢモデルにペリカン・ブラックを入れて書けば、最高のヌラヌラ感を味わえるんじゃないんでしょうか。ただ、Ｍ１０００は正規輸入されているのはＢＢまでなのです。ＢＢＢはなかなか手に入れることができません。とくに有名な、万年筆専門店フルハルターの森山信彦《もりやまのぶひこ》氏が調整したモデルには僕も憧れているのですが、いまだに入手できてはいません」

悔しそうな顔で藍原は言った。

「はぁ……」

話がよく見えなくて、春菜は答えに窮した。

だいたい、ミリパスカル秒などと言う単位は初めて聞いた。

「ただし、ヌラヌラペンには大きな欠点があります。インクを消費しすぎるのはさっきも言いましたが、当然の結果として書き終えてもなかなか乾いてくれません。僕のパイロット７４３コースでも書いた文字の上でインクが盛り上がっているくらいですから、ノートなどはしばらくページを閉じることが難しいのです。むかしから速乾性インクは何度も開発されてきました。ただ、速乾性ということはペン先の目詰まりもしやすいので注意が必要です」

藍原は眉根を寄せた。

万年筆のことでもいっぱいいっぱいだった。インクまで理解するのは、春菜にはキャパオーバーだ。春菜はなにげなく訊いたことを悔いていた。

「あの……インクのことは万年筆以上にわからないので……」

控えめな口調で春菜はこれ以上の説明を断ろうとした。

「すみません、いきなり粘度の話などして……もっと原則からお話しすべきですね」

春菜の言葉を、藍原は根本的に誤解したようだ。

「筆記用具のインクには染料インクと顔料インクがあるのはご存じでしょう」

「いいえ、よくわかりません」

「着色に使う塗料の粒子が水や溶剤に溶けるものを染料、溶けないものを顔料といいます。染料を水や溶剤に溶かしたものが染料インクで、顔料を溶剤に分散させたものが顔料インクです。染料インクのほうが一般的ですが、水に流れやすく長期間日光に当たると色が褪《あ》せるという弱点があります。たとえばぺんてるのサインペンは基本は染料インクです。ですが、ハガキ用のサインペンである、はがきサインペンは顔料インクを使っています。言うまでもなく雨などに濡れても筆跡が流れないためです。万年筆インクにも古くから顔料インクがありました。公文書や契約書などに使われてきたのです。ですが、顔料インクは固まりやすく、ちょっと放置していると大事なペン先が詰まってしまうのです。そこで、セーラー万年筆はナノインクと言って非常に粒子の細かい万年筆インクを発売しました。世界的に見ても画期的です。極黒、青墨、蒼墨と三色あります。さらにプラチナ万年筆はナノインクを上回る超微粒子水性顔料インクを発売しました。これが変わっていてブルーのほかには、ローズレッドとブランセピアのラインナップとなっています。ただ、両者とも顔料インクには変わりないので、染料インクよりは詰まりやすいと思ったほうがいいでしょう。さて、染料インクでもむかしから耐水性や耐光性にすぐれたインクがあります。没食子《もっしょくし》インクまたは古典インクと呼ばれるタイプのインクです」

「没食子インクですか」

春菜はぼんやりと言葉をなぞった。

また聞き慣れぬ言葉が出てきた。

「没食子とはブナ科の植物の若芽が昆虫によって変形して瘤《こぶ》になったものをいいます。緑茶の渋みと同じ成分である大量のタンニンを含有しています。この没食子からタンニンを抽出し、硫酸鉄を加えて作ります。羊皮紙の時代の九世紀から現在まで基本的には同じ方法で製造されてきました。現代では没食子ではなくほかの原料を使っていますが、いずれにしてもタンニンと鉄から作るインクです。没食子インクは水に流れにくく、光で褪せにくいのです。さらに染料インクに比べて紙の裏に抜けにくいという利点も持っています。羽根ペンの時代にはイカ墨を使ったセピアインクもよく使われましたが、万年筆時代に入っては、このインクが主流でした。だから、インクの匂いというと鉄の匂い……どこか血液に似た匂いでした。半世紀ほど前まではほとんどのブルーブラックが没食子インクでした。ところが、没食子インクはやはりペン先に詰まりやすく、ペン先を腐食させやすいという欠点を持っています。また色にも制限があってブルーブラックしか作れません。このため徐々にふつうの染料インクに移っていきました。数年前にモンブランも撤退して、大手メーカーでは、ペリカンとプラチナだけになってしまいました。ですが、僕は実用性の高い没食子インクが好きで、両社のブルーブラックは常に使っています。さっきお話ししたザ・プライムにはプラチナの没食子インクを入れています」

素朴な疑問が湧いてきた。

「万年筆ってインクも同じ会社のものを使わなきゃいけないんですか」

藍原はしっかりとあごを引いた。

「そうです。万年筆にはメーカー純正のインクを使うのが原則です。他社のインクを使うと、インク詰まりなどのトラブルを引き起こすおそれがあります。ですが、ひとつのメーカーが何種類ものインクを出していますし、インク専業メーカーもあります。だから自己責任で他社のインクを使うのもありです。きちんとペン先、ペン芯やインクタンクなどを洗浄していればまずは問題ありません。万年筆とインクの相性は無数にあるので、その辺りを試行錯誤するのも実に楽しいです。実は日本はいま空前のインクブームが訪れようとしています」

藍原は声を張った。

「そうなんですか」

そう言えばテレビで万年筆インクを取り扱っている番組を見たことがある。

「万年筆インクは、もともと没食子インクがメインでしたので、現在もブルーブラック、ブルー、ブラックが中心です。ところで細川さんは何色の水性ボールペンを使っていますか」

春菜の顔を見て藍原は訊いた。

「ブラックですね」

「俺もブラックだ」

春菜も康長も即答した。

ゆっくりと藍原はうなずいた。

「日本人の多くの人が、万年筆やボールペンでブラックを選びます。ですが、これは欧米ではあまり見られないことなのです」

「本当ですか」

意外に思って春菜は訊いた。

「欧米ではブルーかブルーブラックが主流で、ブラックは公用文書などで使われることが多いのです。日本でブラックが主流なのは、なぜだと思いますか？」

「わかりません」

「日本人は長らく墨を使ってきたからなのです。文字は黒という感覚が強いのです」

藍原はふたりの顔を交互に見て言った。

「なるほどぉ」

春菜にはすとんと腑に落ちた。たしかに小さい頃から墨書された文字は見慣れている。

「そうかぁ。わかる気がするな」

康長も感心している。

「ところが、最近は大手メーカーが数え切れないほどの万年筆インクをリリースしています。たとえばパイロット万年筆は日本の情緒に即した《色彩雫《いろしずく》》というシリーズを出しています。朝顔《あさがお》、紫陽花《あじさい》、月夜《つきよ》、竹林《ちくりん》、竹炭《たけずみ》、秋桜《コスモス》、紅葉《もみじ》、冬柿《ふゆがき》、夕焼《ゆうや》けなど情景が浮かぶ色ばかりです。セーラー万年筆も《四季織《しきおり》》というシリーズを出していて、蒼天《そうてん》、桜森《さくらもり》、金木犀《きんもくせい》、囲炉《いろ》裏《り》、藤姿《ふじすがた》などの色名があります」

藍原はまたスマホを覗き込みながら説明を始めた。

「おもしろいのは、セーラー万年筆はしとしと、はらはら、ざあざあ、ぽつぽつなど自然現象をあらわすオノマトペをインク名としていることです」

なんとも不思議な名前のインクだ。

「ざあざあってどんな色なんだ？」

興味深げに康長は訊いた。

「ブルー系のインクです。少しミストの掛かったような薄めの青ですね。メーカーサイトには『草木の青葉に降る雨。つややかな雫と生い茂る青葉』とあります」

これはメーカー側がユーザーにストーリーを提供しているのだ、と春菜は感じた。

「プラチナ万年筆はちょっと違う方向性で《クラシックインク》と銘打ったインクを出しています。カシスブラック、フォレストブラック、シトラスブラック、カーキブラック、セピアブラック、ラベンダーブラックと地味目ですが、きわめて実用性の高いカラーをリリースしています。しかもこのシリーズは貴重な没食子インクなんです」

藍原はメーカーサイトを見せたが、写真では微妙な色の違いはわからなかった。

「すべてブラックなんですね。実際の六色の違いを見てみたいです」

「ぜひ、一度実物を使ってみてください……また、いくつもの文具店がオリジナルインクをリリースしています。有名な丸善の《アテナインキ》、札幌の大丸藤井セントラル、仙台のオフィスベンダー文具の杜、静岡市の文具館コバヤシ、大垣市の川崎文具店、大阪市のギフショナリーデルタ、同じく大阪市のKA-KU万年筆、神戸市のナガサワ文具センター、長崎市の石丸文行堂など枚挙にいとまがありません。さらに銀座伊東屋では《カクテルインク》といって、バーカウンターのような場所で、客の好みに合わせてインクをミックスしてくれるサービスを二〇年前から続けています。セーラー万年筆も大型文具店などで《インク工房》というインクをミックスするイベントを定期的に開催しています」

「インクは混ぜてもいいんですか」

不思議に思って春菜は訊いた。

「混ぜてはいけません」

眉間にしわを寄せて藍原は強い口調で言い切った。

「いろいろなトラブルが想定されます。もちろん専門家がミックスすることに問題はありません。さらに、メーカー自身がユーザーが混ぜるために製造しているインクもあります。プラチナは二〇一八年に《ミクサブルインク》という九色をリリースしています。パイロットやセーラーとは方向性が違いますね。どこか玄人《くろうと》好みな感じもします。去年の暮れの数字ですが、パイロットコーポレーションは東証一部上場企業で従業員は連結で二六〇〇名ほど、セーラー万年筆は東証二部上場で従業員数は三一五名、プラチナ万年筆は非上場の中小企業ですからね。三大メーカーとは言っても、できることは違うんでしょうね。プラチナはすごく頑張っていると思いますよ。もっとも万年筆やインクの優劣は企業規模とはまったく関係のない話です。小工房が高価で素晴らしい万年筆を制作している例はいくらでもあります」

「そうなんですね」

「いずれにしても、こうした多彩なインクの発売によって我が国にはインクブームが巻き起こっています。インク沼に沈む人も増えているようです」

藍原は口もとに笑みを浮かべた。

「楽しいですね」

春菜は弾んだ声で言った。

「そのおかげで、各社のスケルトンボディの万年筆も好調な売上げとなっています」

やわらかい笑顔で藍原は言った。

「『クローズド・ノート』のときみたいな万年筆ブームが巻き起こるといいですね」

明るい声で春菜は言った。

「ここ数年は閉店する文具店も増えていますから、少しでも万年筆が盛り上がってほしいですね。ただ、ブームになっているのは、むしろガラスペンなのです」

力のない声で藍原は言った。

「見たことがあります」

どこかの文具店できらびやかに並ぶガラスペンを見かけた記憶があった。

「ガラスペンの趣味も悪くはないです。でも、要するに、つけペンなわけです。インクが供給されることはない。インクフローも楽しめない。たくさんの文字を書くことはできない。万年筆ファンとしては淋しい限りです」

藍原は肩を落とした。

3

「そろそろ事件のことについて伺いたいのですが」

慎重な言い回しで春菜は本題に移った。

「はい、僕にわかることでしたら、なんでもお答えします」

几帳面な顔つきで藍原は答えた。

「わたしたちは、今月の六日夜に箱根仙石原で起きた殺人事件について捜査しています。藍原さんは布施公一郎という名前をご存じですか？　今回の事件の被害者の方なんですが」

春菜は藍原の顔を覗き込むようにして訊いた。

「いいえ、知りません。あんまりニュースとか見てないんで、事件のことも知りませんでした。仙石原で起きたんですね」

藍原の表情は変わらなかった。

「布施さんは現場の別荘に三〇〇本くらいの万年筆をコレクションしていたのです。たとえばモンブランの作家シリーズがぜんぶそろっていました」

「そりゃあ大変なコレクターですね。うらやましいな」

言葉ほどにうらやましがっているような表情ではなかった。

もしかすると、藍原は使うことに興味があって、コレクターではないのかもしれない。

「この写真を見てください」

春菜はスマホを藍原に向けて、凶器の万年筆を画面に表示した。

「パイロットのμ……じゃないか。ペン先一体成形の万年筆ですね。μしか存在しないと思っていましたが、こんなのがあるんだなぁ」

感心したように藍原は答えた。

「どこの国の万年筆かわかりますか？」

念を押すように春菜は訊いた。

「いいえ、残念ながら……」

すまなそうに藍原は答えた。

「続けてこれも見てください」

春菜は壊れた万年筆の写真を見せた。

「ひどいなぁ……ペン先が折れてる。こうなると、もうペン先を交換する以外に救う道はないですね。でも、首軸も傷んでいるから修理不能かもしれません」

藍原は大きく顔をしかめた。

「この万年筆はご存じでしょうか」

「いいえ、初めて見ます。高そうなモデルですね」

画面を見つめながら藍原は答えた。

「ペン先には『ＡＲＴＩＳＴＡ』の刻印があります。製造国もわかりませんか」

春菜は念を押した。

「もちろんわかりません。まぁ、名前からすると、イタリア製の可能性が高いとは思いますが……」

藍原はゆっくりと首を横に振った。

「最後にこれを見てください。布施さんが残したメモなんです。『CASERTA』という文字が大きい×で消されています。カゼルタと読むミラノ近郊の都市なんだそうですが、万年筆関連でなにかご存じですか」

春菜は、布施が残したメモを見せた。

「あ、知ってますよ」

藍原はさらりと答えた。

「本当ですか！」

思わず春菜は叫んだ。

「やった！」

康長も声を弾ませた。

「横浜に事務局を置く万年筆愛好家団体です。以前、ブログで見かけたことがあります。そのブログはもうないと思いますけど……」

淡々とした表情で藍原は答えた。

「万年筆愛好家団体というものがあるんですね」

弾んだ声で、春菜は言った。

「日本でいちばん有名なのは、萬年筆研究会『WAGNER《ワーグナー》』という愛好家団体だと思いま

す。この団体は港区に本拠地があります。会員も多く、さまざまなイベントを開催していま
す。ですが、全国には、ちいさな愛好家団体もいくつもあります。そういうつきあいとか苦
手なんで、僕はどこにも所属していませんが……」

藍原は肩をすくめた。

「ネット検索ではヒットしなかったんだ。よく知っているな」

康長は感心したような声を出した。

「文房具店や鑑定家などを中心に集まっているグループが多いので、ネットでの活動は少な
いかもしれませんね。年輩の人が多いみたいですし……」

あいまいな顔で藍原は答えた。

「事務局の住所などはわかりますか」

期待を込めて春菜は尋ねた。

「ちょっと待ってください……」

スマホを手にして、藍原はしばらくタップしている。

「この文房具店が事務局だったはずです。このお店にも一度行きたいと思っているので、名
前を覚えていました」

藍原はスマホの画面を提示した。

「伊勢佐木町の《ステーショナリー・サクヤマ》か。本部のすぐ近くだな」

康長は眉間にしわを寄せて、画面を見つめた。

「写真を撮らせてください」

春菜は身を乗り出した。

「お店のURLをメールで送りますよ」

藍原は春菜の名刺を覗き込んで、ささっとメアドを打ち込んで送信した。

「ありがとうございます」

春菜はメールの受信を確認して、送られたURLをタップした。

すぐに《ステーショナリー・サクヤマ》のサイトが表示された。

「ちなみに、これは断言できることではないんですが……このメモを書いたのは没食子インクのような気がするんです」

「本当ですか」

うわずった声で春菜は訊いた。

「はっきりとは言えません。ただ、このCASERTAの文字の端を見てください」

藍原は画面を指さした。

「万年筆は筆致に濃淡が出ますね」

春菜は藍原の指さす部分を凝視した。

「そうなんです。それも万年筆の魅力です。で、淡い部分にインクの性質が浮き出てくることもあります。このインクは変わった青紫ですが、端の淡いところは少しグレーっぽくて光っています。この反射は没食子インクっぽいです。もう一回言いますが、断言はできません」

藍原ははっきりした口調で言った。

「インクの種類は特定できますか」

期待をこめて春菜は訊いた。

「いくらなんでもそれは無理です。たしかに変わった色合いですが、さっきもお話ししたように世の中にはオリジナルインクも無数にありますので」

顔の前で藍原は手を振った。

「わかりました」

康長へ目をやると、黙ってうなずいた。追加質問はないという意思表示だ。

「今日はほんとうにありがとうございました」

立ち上がって芝生に立つと、春菜は深々と頭を下げた。

「大変に参考になりました」

隣で康長も頭を下げていた。

「なんだか、とりとめもない話をして申し訳ない感じです。下溝駅までお送りしますよ」

笑顔で答えて、藍原はレジャーシートを畳んでデイパックにしまった。

「最後にお尋ねしていいでしょうか」

階段を上りながら春菜は訊いた。

「なんでしょう？」

「藍原さんのストーリーの万年筆は見つかりましたか」

「実はまだなんです。僕なりにワクワクするようなストーリーを持った万年筆を見つけたいと願い続けています」

藍原ははにかむように微笑《ほほえ》んだ。

展望デッキまで来ると、丹沢の向こうの西空に素晴らしい夕映えがあり、春菜の視界を覆った。

こんなグラデーションのインクは作れるはずもない。

だが、そんな妄想をしている自分がおかしくて春菜はクスクスと笑った。

さわやかな風が身体を駆け抜けていった。

# 第三章　万年筆仙人

## 1

午後七時近く。春菜たちは伊勢佐木町通りを歩いていた。

関内駅から六〇〇メートルほど離れた四丁目付近で、あたりには飲食店が多かった。

多くはマンションや雑居ビルの一階部分の店舗だが、古ぼけた二階建ての雑貨店や薬局なども残っている。

目指す《ステーショナリー・サクヤマ》もそんな生き残りの一軒だった。

建物は五、六〇年は経過しているような木造の二階建てで一階が店舗、二階が住居という雰囲気だった。

ガラス戸越しに店内を見ると、中央付近にコの字形にガラスのショーケースが並んでいる。

ケース内にはずらりと万年筆が並んでいて、背後の棚には万年筆のほかにボトルインクやノート類が陳列してあった。人の姿は見えなかった。

春菜は店表の木枠のガラス戸に手を掛けて開けた。

「すみませーん」

声を張るまでもなかった。

「いらっしゃいまし」

七〇代前半くらいの小柄で白髪頭の老人が店内左手から声を掛けてきた。

ワイシャツに茶色いズボンを穿いた老人は接客用のチョコレート色のソファで店番をしていたようだ。

春菜は反射的に頭を下げていた。

「なにかお探しですか」

老人は春菜と康長の顔を交互に見て訊いた。

「すみません。わたしたち県警の者です。ちょっとお話を伺いたいんです」

春菜と康長は警察手帳を提示した。

「警察……」

目を見開いて老人は身を反らした。

いきなり警察官が訪れれば、驚くのがあたりまえだ。

こうした反応は珍しいものではない。

「はぁ……まぁどうぞ中へお入りください。あちらのソファにお掛け頂ければ」

老人は掌でソファを示し、春菜たちを招じ入れた。

「失礼します」

春菜たちがソファに並んで座ると、老人は対面に位置取った。

「どうもご苦労さまでございます。若い者を帰してしまいましたので、お茶もお出しできませんが」

言い訳するように老人は言ったが、こうしてソファに座って話を聞けるだけでも厚遇されているのだ。ふつうは玄関先で話を聞くことになる。

「どうぞおかまいなく」

春菜は笑顔で答えた。

「店主の佐久山《さくやま》でございます」

老人は名刺を差し出した。

——有限会社　佐久山文具店　取締役社長　佐久山隆介《りゅうすけ》

この店の住所と電話番号が書いてあったが、サイトと変わらない。

長方形の顔に白く太い眉、細い目に大きめの鼻と厚い唇。

温厚そうな雰囲気だ。学校の校長先生のイメージに近い。

佐久山は首から下げていた老眼鏡を掛けた。

「ほう、浅野さまは捜査一課の警部補ですか。優秀な刑事さんなんでしょうなぁ」

ソファテーブルに置いた名刺を覗き込みながら、佐久山は愛想のよい声を出した。

「いや、たまたまです」

気負いのない口調で康長は答えた。

「細川さまは巡査部長でいらっしゃいますか」

「はい。すでに警察官として七年勤務しております」

「細川さまはお若いですなぁ。そこの交番のおまわりさんも巡査部長ですが、親子以上に年が離れているようにお見受けします。どう見ても女子大生だ」

遠慮のない調子で佐久山は笑った。

この手の言辞にはもう慣れた。警察官は若く見られて得することはあまりないが、仕方がない。

「さっそく本題に入ります」

康長が口火を切った。

協力員相手の面談ではなく、ふつうの聞き込みは原則として康長が担当する。

「はい、どんなご用件でしょう」

佐久山は不安そうに訊いた。

「布施公一郎さんをご存じでしょうか」

最初に『ＣＡＳＥＲＴＡ』について訊くと思い込んでいたが、康長は事件から話を始めた。

「ああ……その件ですか。お気の毒でした」

テーブルに目を落として、佐久山は声を震わせた。

「布施さんが亡くなったことをご存じなのですね」

康長は淡々と訊いた。

布施と佐久山がつながったのだから、春菜なら声を弾ませるところだ。

表情も変えない康長は、さすがにベテランの刑事だ。

「存じ上げております。県内では有数の万年筆コレクターですからね。うちの店にも何度かお見えになって、高価な商品をお求め頂いたこともございます」

慇懃《いんぎん》な口調で佐久山は答えた。

「お得意さんというわけですね。どんな方でしょうか」

畳みかけるように康長は訊いた。

「そうですね。布施さまは孤独癖というのか、わたくしとのつきあいも長いのですが、あまり突っ込んで話すことはありませんでした。でも、奥さまが亡くなって独り暮らしであることやかつて有名商社にお勤めだったことは聞いています」

記憶を確かめるように天井に顔を向けてから佐久山は答えた。

「何年くらいのつきあいですか」

「そうですね、一〇年くらいでしょうか」

「仙石原の別荘を訪ねたことはありますか」

鋭い目で康長は佐久山を見た。

「はい、万年筆の納品に何度か伺いました」

佐久山の表情は変わらなかった。

「万年筆の納品にわざわざ箱根まで？」

康長は首をひねった。

「それは一本、五〇万円、一〇〇万円を超えるようなお品ですから」

当然だという顔つきで佐久山は答えた。

不自然ではないだろう。中古車だってふつうは客の家で納品する。

「なるほど。それはいつぐらいのことですか」

「たしか、半年ほど前が最後だったように思います。モンブランのサー・アーサー・コナン・ドイルの1902モデルでございました。税込みで六六万七〇〇〇円という製品でございます。詳しい日付が必要でしたら、帳簿を確認いたしますが」

佐久山はていねいな調子で尋ねた。

彼の発言を裏づけるように、別荘にはコナン・ドイルの1902モデルが陳列してあった。

「いえ、詳しい日付は必要ありません。質問を変えます。このお店が『CASERTA』という万年筆愛好家団体の事務局になっていると聞きましたが、本当ですか」

康長は佐久山の目をまっすぐに見て訊いた。

「よくまぁ、『カゼルタ』のことをご存じで」

佐久山は眉を震わせた。

「警察はどこまでも調べますんで」

冷静な口調で康長は答えた。

「はい、たしかに今年の三月末までは私が事務局長を務めておりました」

静かな声で佐久山は答えた。

「どうしてやめたのですか」

畳みかけるように康長は訊いた。

「と申しますか、『カゼルタ』自体が解散してしまいましたので……」

佐久山は平らかな表情で言った。

「解散……どういった理由ですか」

「そのまえに『カゼルタ』についてちょっと説明させて頂きましょうか」

「ぜひお願いします」

康長の言葉にうなずいて、佐久山は口を開いた。

「カゼルタは大磯町在住の沼田《ぬまた》顕郎《あきお》先生という方が二〇〇一年に起《た》ち上げた愛好家クラブです。とは言っても法人格などは持っていませんので、単に万年筆好きの集まりに過ぎませんでした。会員の紹介で新会員が入るといった調子で、とくに会員の募集などもしていませんでしたし、SNSのコミュニティなども作りませんでした。ネット経由だと、おかしな会員が入ってくる危険性がありますから」

佐久山はかるく唇を突き出した。

それでネット検索ではヒットしなかったのだ。

「会員数はどれくらいでしたか？」

「出入りもありましたが、解散時で六三名ほどでした。ほとんどが県内の方で、中華街やみなとみらいで二ヶ月に一度、親睦会のような集まりを開いていました。購入した万年筆を自慢するくらいの他愛もない集まりです。年会費も五〇〇〇円に過ぎません。三ヶ月に一度、会員の皆さまにお送りしていた会報の実費と郵便代、それから半年に一度ほどの研究会の会場費で消えてしまいます」

佐久山はかすかに笑った。

「会の概要はわかりました。布施さんは会員でしたか？」

康長の声には期待がこもっていた。

「はい、わたくしがご紹介したので、一年ほど前に入会なさいましたが、会の雰囲気になじめないようで四ヶ月で退会なさいました」

「『カゼルタ』が解散した理由を教えてください」

「沼田先生が亡くなったからです」

淋しげな声で佐久山は答えた。

「沼田先生はどんな方なのですか」

康長は興味深げに問いを重ねた。

「横浜国際大学教授としてイタリア文化論を講じていらっしゃったイタリア文学者の先生で

す。若い頃から万年筆のご趣味をお持ちで、留学されたイタリアの万年筆についてはとくにお詳しかったです。カゼルタはナポリ近郊の都市名ですが、同時に一八世紀ヨーロッパ一の規模の宮殿の名でもあります。一七五二年にナポリ・シチリア王のカルロ七世によって建造が開始された宮殿です。カルロ七世は後にカルロス三世としてスペイン王となりました。カゼルタ宮殿は一九九七年にユネスコの世界遺産に登録されています。沼田先生がなぜこの名前を選んだのかははっきりしませんが、ヨーロッパ一ということで皆さん賛成されました。最初は一〇人ほどの友だち会みたいなものでした。ですが、徐々に会員も増えたので、わたくしが事務局長というようなことになりました。半年に一度ほどの研究会は、実質上は沼田先生のお話を聞く会となっていました。これは会員の希望でもございました。研究会の際には、これも会員の紹介で外部のお客さまもお呼びしていたので、毎回三〇〇名ほどの参加者がございました」

「なるほど、沼田教授は、『カゼルタ』の大黒柱だったわけですね」

「まさにその通りです。沼田先生なくしては、『カゼルタ』の活動は成り立ち得ません」

「解散の理由はよくわかりました」

「さらに大学を定年退職なさってからの沼田先生は、会員の万年筆の修理調整を生きがいにしておられました」

「大学の先生なのに、万年筆の修理調整技術を持っていたんですか」

不思議そうに康長は訊いた。

「若き日、イタリア留学中に身につけたそうですが、本当のところはわかりません。ですが、沼田先生は職人顔負けのペン先研ぎの技術をお持ちでした。先生に研いで頂いた万年筆は新品同様、いや新品よりもずっとなめらかな書き味でした。わたくしもお願いしたことがありますが、実に素晴らしいものでした」

うっとりするような口調で佐久山は言った。

「研ぐ……万年筆を研ぐとはどういうことですか」

藍原から長刀研ぎという言葉が出たときにも、康長は食いついた。

「あの……万年筆は本来、お客さまのお話を伺って研いでから納品するものなのです。文字の書き方は人によって千差万別だからです」

佐久山はちょっと困ったように答えた。

「客からどんな話を聞くのですか」

「たとえば、ペンのどのあたりを持つのか、筆圧はどれくらいか、書くスピードは速いのか遅いのか、ペンの傾け方やひねり方はどうなのか、目の前で実際に書いて頂くこともございます。そうした書き癖というようなものから適当な調整を加えるのですが、なかでも研ぎこそいちばん重要な調整となります。中屋万年筆などはオーダーを取る際にそうした工夫をしております。これをパーソナライズと申します。お客さまの書き癖による調整が行われていない工場出荷の万年筆は未完成品といっても差し支えないのです。いちばん重要な調整はペン先を細かい砥石《といし》のグラインダーで研ぐことなのです」

はっきりとした口調で、佐久山は言い切った。

「知らなかったなぁ」

康長は嘆くような声を出した。

春菜も驚くしかなかった。このあたりは、万年筆がボールペンなどの筆記具と根本的に違うところだろう。

「だから、むかしのまともな万年筆屋には研ぎをはじめとした調整の技術を持った者が必ずおりました」

「いまは違うのですか」

「現在の万年筆は工業化が進んだ工場で生産される製品が多いので、あまりそうした個性がなくなっています。とくに現在のモンブランは新品のときに最高の書き味を届けるとのことで調整不要を謳《うた》っております。しかし、仮にモンブランであっても、使っているうちにペン先が歪んだり、ペンポイントが摩耗したり、スリットが開いたりとさまざまな問題点が出てきます。なにせ万年筆は何十年と使える筆記具ですから……これらを調整するのはかつてはわたくしども文具店が担っておりました。いまの文具店はお客さまから調整品をお預かりしても、ただメーカーに戻して調整させることしかできません。すでに万年筆屋は絶滅寸前です。いまの文具店は単なる商人に過ぎないのです」

どこか怒りが感じられる佐久山の口調だった。

「というと佐久山さんも、修理調整の技術をお持ちなのですか」

「もちろんです。うちの店の二階には修理調整のための工房を持っております。ただ、いまではお客さまにもそうした認識がないので、うかつに修理調整をお請けするとトラブルになりかねません。残念ですが、グラインダーもホコリをかぶっております」

佐久山は唇を噛んだ。

「残念ですね」

「時代の流れには勝てません」

淋しげに佐久山は言った。

「ところで、沼田教授は病気で亡くなったのですか」

康長の質問に佐久山はちいさく首を横に振った。

「事故です……」

つらそうに佐久山は目を伏せた。

「交通事故ですか」

「いえ、不幸なガス爆発事故が起きたのです」

佐久山の声は震えていた。

「なんと！」

康長は驚きの声を上げた。

「沼田先生のご自宅は大磯町国府本郷《こくふほんごう》という大磯駅から離れた静かな林のなかにありました。お庭のなかに、万年筆を修理調整するためのプレハブ造りのちいさな工房があったのです。ところが、加熱バーナーなどに使うプロパンガスボンベのホースが劣化しておりまして……漏れ出したガスにグラインダーの火花が引火したのです。爆発が起き、工房は炎に包まれました。先生はこの火事で焼死されたのです」

佐久山は暗い声で言った。

なんとも悲惨な事故だ。

だが、事故となると、捜査一課には回ってこない。康長が知らなくて当然だ。

報道もされたはずだが、春菜も知らなかった。

「下世話なことを聞くようで恐縮ですが、万年筆コレクションなどはどうなったのですか」

康長の疑問は春菜も感じていた。

あの布施のコレクションがどうなるかも気になっていたところだ。沼田教授もさぞかしスゴいコレクションを持っていたのではないか。

「沼田先生は購入した万年筆も自分で調整して納得のゆく書き味になると、『カゼルタ』の会員やご友人に安く売ってしまうか、無償でプレゼントしていたのです。なので、万年筆はいつも五本程度しか持っていませんでした」

康長と春菜は顔を見合わせた。

「コレクターではなかったのですね」

「その通りです。しかもその五本のうち四本は火事で焼けてしまいました。残ったのは母屋で使っていた一本だけです。一〇万円程度のイタリア製万年筆です。生涯で何百本という万年筆を手にされた先生ですのに……」

嘆くような声で佐久山は言った。

「無欲な方だったのですね」

春菜は感じ入った。

「まさしく。先生はなにに関しても無欲な方でした。それゆえ、会員からいつしか『万年筆仙人』などと呼ばれるようになっていました。本人は嫌がっておいででしたが」

我が意を得たように佐久山は言った。

「遺産はどうなるんでしょうね」

なにげない調子で康長は訊いた。

「沼田先生は奥さまを三〇年ほど前に病気で亡くしておられます。お子さまはいらっしゃいませんし、ご本人のお言葉を信じれば、相続人も存在していないようです。でも、大磯町でもあのあたりでは不動産もたいした値段はつかないでしょう。事故があった物件ですからね」

佐久山は暗い顔で答えた。

「話は変わりますが、布施さんと沼田教授の間がうまくいかなかったというようなことはありますか。あるいは布施さんが別の会員と揉めたようなことは？」

康長は佐久山の顔を覗き込むようにして訊いた。

「いいえ、そういうことはありませんでした。沼田先生も含めて、特定の会員と揉めたり、仲が悪かったというようなことはありません。先にも申しましたが、布施さんは孤独癖というのか、人とのつきあいを好まない方だったので……お誘いすべきではなかったのかもしれません」

佐久山は低い声で言った。

「そうですか、『カゼルタ』と沼田教授についてはよくわかりました。質問を変えます。ついてはちょっと写真を見て頂きたいのですが」

康長はスマホを取り出してタップした。

「この万年筆のメーカーなどはわかりませんか」

凶器という言葉を口にせずに、康長は画面を提示した。

「こんな万年筆は見たことがないですね。パイロットのμに似ていますが……」

じっと見入って、佐久山は答えた。

「では、こちらはどうですか」

画面に壊れていた万年筆が映った。

「たぶんイタリア万年筆だと思いますが、初めて見ます……しかし大変な壊れようですなぁ。修復は困難でしょう。いったい誰がこんなひどいことを」

怒りの籠もった声で佐久山は答えた。

「こちらの折れたペン先に『ＡＲＴＩＳＴＡ』というイタリア語かスペイン語の刻印があるのですが」

「聞いたことがないメーカーですね。外国の小工房は無数にありますし、わたくしの知らないメーカーの製品です」

佐久山は首を横に振った。

「このメモの意味はおわかりですか」

康長は佐久山の目を見て尋ねた。

「カゼルタという文字に×がついていますね。『カゼルタ』が解散となったという意味ではないですか？」

「布施さんの筆跡なんですが」

「そうでしたか。布施さんの筆跡はよく覚えていないです。お手紙をもらったことなどはありませんから」

佐久山は素っ気ない表情で答えた。

「最後に伺いたいのですが、九月六日月曜日の午後七時以降、佐久山さんはどこでなにをしていましたか」

康長はいきなりアリバイ確認を始めた。

「まさか、わたくしを犯人と疑っているのではないでしょうね」

目を丸くして佐久山は尋ねた。

「いや、こうしてお話を伺った方全員に確かめているんです」

康長はこうした場合の常套句で逃げた。

「はぁ……ちょっとお待ち下さいね」

佐久山はポケットから黒い手帳を取り出して開いた。

「その日は都内で文具の展示会があったんで、午後三時で店を閉めてクルマで出かけました。午後四時には会場にいました。帰ってきたのは九時頃だと思います。帰ってきてから隣の薬局のオヤジさんと近くの《紀州》って居酒屋で飲みました。約束してたんです。お開きは一時頃でしょうか」

手帳を覗き込みながら、佐久山は答えた。

「九時前の行動はひとりでしたか」

畳みかけるように康長は訊いた。

「もちろんです。展示会の間には知っている同業者たちとも顔を合わせましたが、みんなちょっとあいさつしただけですからね」

佐久山は表情を変えず淡々と答えた。

「わかりました」

言葉少なく康長は答えた。

康長がちらっと春菜を見たので、かすかにうなずいて見せた。

「お忙しいところありがとうございました。『カゼルタ』の会員名簿をコピーさせて頂きたいのですが」

ていねいな調子で康長は頼んだ。

「ああ、返して頂けるなら原本をお持ちください」

佐久山は近くのキャビネットからＡ４判の薄い冊子を取り出してきた。

「では、近日中に書留でお送りします」

名簿を受け取りながら、康長は言った。

「まったく急いでいません。解散した会の名簿ですから」

苦笑交じりに佐久山は答えた。

立ち上がった康長に遅れないように春菜も腰を上げた。

ふたりは頭を下げて店を出た。

「あの老人、どう感じました」

店から少し離れた場所まで歩いたところで、単刀直入に春菜は訊いた。

「ほとんどウソのない答えを返しているが、なにかしら隠しているような気がした」

康長は煮え切らない表情で答えた。

「今回の事件について何か知っているんでしょうか」

「わからん。そこまで言い切れるほどの印象は感じなかった。ただ、布施のことに関して妙に口数が少ないような気がしたんだ」

「アリバイはなしですね」

「そうだな、犯行時刻と推定される九月六日午後七時七分から三五分の間に仙石原にいたことを否定できるアリバイはないな。犯行を実行しても午後九時にはじゅうぶんに伊勢佐木町に帰ってこられる」

康長は厳しい顔つきで言った。

「沼田教授についてはよく喋っていましたね」

「そうだな。いずれにしても沼田の事故の件は大磯署の記録に当たる必要があるな」

考え深げに康長は言った。

「わたしこれから大磯署まで行きましょうか」

「いや、捜査本部に戻る途中だから、俺が記録に当たってくる。それにしても罪深い匂いだなぁ」

「なんのことですか？」

「焼き鳥だよ。一杯やっていきたいなぁ」

伊勢佐木町通りには換気扇から排出される香ばしい煙が満ちていた。

眉を八の字にした康長を見て春菜は気の毒になった。

春菜はもう今日の仕事から解放されたが、康長は小田原署の捜査本部に戻らなければならないのだ。

「ラーメンでも食べていきませんか」

明るい声で春菜は誘った。

「いいな。ただ、俺がビールを頼まないように、しっかり細川が見張るんだ」

わざとまじめな顔で康長が言うので春菜は噴き出した。

「わかりました。ビール頼んだら、ぜんぶわたしが飲みます」

元気よく春菜は関内駅方向に歩き始めた。

宵の口の伊勢佐木町は、仕事から解放された男女で賑やかだった。

## 2

翌日の昼過ぎ、春菜と康長は、クイーンズスクエア二階の広々としたカフェにいた。

窓の外にはコスモワールドの遊具と、ミストブルーの海が見えている。

午後一時に登録捜査協力員の寺崎詩織と待ち合わせていた。

「大磯署で裏取りをしたけど、沼田教授の事故について佐久山さんが言っていたことは記録通りだった」

　コーヒーカップを手にしたまま康長は言った。

「悲惨な事故だったというわけですね」

「ああ、老人の不注意が招いた事故と考えられている。研磨や切断作業の際に飛び散る切断粉が火花となって飛散する。消防ではこの火花が漏出したプロパンガスに引火したと判断している。グラインダーによる火災は、近年増えているそうだ」

「ですが、万年筆のペン先を研磨するグラインダーはかなり小型ですよね。そんなちいさな火花でも火事になるんでしょうか」

　素朴な疑問だった。

「たしかにそうだ。ガス漏れがなければ事故など起きなかっただろう。だが、百円ライターの着火火花でもガス爆発は起きるんだ」

　憂うつそうに康長は言った。

　そんな事故の報道を見た記憶はあった。春菜は納得した。

「メールで送って頂いた『カゼルタ』の会員名簿をチェックして驚きました」

　昨夜、春菜はお茶を飲みながら自宅で名簿を見ていて、うっかり茶碗をひっくり返してしまった。

「まさか、うちの捜査協力員がふたりも加入していたとはなぁ」

康長は鼻から息を吐いた。

「そうなんです。これから会う寺崎さんも、明日の予定に入っている浜尾さんも『カゼルタ』の会員です」

「万年筆ヲタクってそんなに少ないのか」

「そうではないと思います。ただ、県内にお住まいで万年筆の振興に意欲を持っている方たちは多くないのかもしれません」

「まぁ、そういうことだろうな」

康長はカップのコーヒーを飲み干した。

「それにしても、『カゼルタ』の会員名簿が手に入ったことは大きい。布施を知っている人間が何人もいるはずだからな。捜査本部では、会員のなかに犯人がいる可能性も視野に入れて全員を当たることになった。鑑取り班はほかの班から増員された。仕切っている管理官も、俺たち別働隊の存在を認めている。細川、大手柄だぞ」

満面の笑みで康長は言った。

「犯人につながるなにかが出てきてから言ってください」

春菜は照れて首をすくめた。

ほぼ時間ちょうどになったが、スマホに着信はない。

春菜は入口方向の店内に視線を巡らした。

淡いオレンジ色の綿パーカーをまとった小柄な女性が通路でキョロキョロとあたりを探すようなそぶりで近づいてくる。

三四歳という年齢よりも少し若く見えるが、間違いないだろう。

キャメル色の華奢《きやしや》なレザーリュックを揺らしながら、女性は春菜たちが座る席を通り過ぎた。

立ち上がった春菜は、背後からさっと歩み寄って声を掛けた。

「寺崎さんですか」

「あっ……そうです」

振り向いた女性は春菜の顔を見て、ほっとしたような表情になった。

「細川です。そこのテーブルです」

「あ、はい」

春菜が掌で指し示すと、詩織は康長の対面の窓際に座った。

軽く頭を下げた康長が一度席を立ち、春菜は詩織の正面の椅子に腰を下ろした。

「はじめまして、寺崎詩織です。よろしくお願いします」

詩織は明るい笑みとともに名刺を差し出した。

イラストレーターの肩書きと氏名や連絡先の横で、まん丸お目々の子猫が笑っている。

「ネコちゃん、かわいいですね」

あいさつもそこそこに、春菜はイラストに注目した。

「はい、以前飼っていたクルミがモデルなんです」

嬉しそうに詩織は答えた。

卵形の色白の顔に大きな二重の瞳を持つ、とてもかわいらしい女性だ。

ちいさめの唇はきりりとしていて、意志の強さを感じさせる。

アッシュカラーのショートカットが似合っている。

「失礼しました。こちらこそよろしくお願いします。県警刑事部の細川です」

「同じく浅野です」

ふたりはそろって名刺を差し出した。

「へぇ、専門捜査支援班……こんなセクションがあるんですね。あ、登録したときに書いてあったかな」

テーブルの名刺を覗き込みながら詩織は言った。

「はい、刑事部捜査の縁の下の力持ちといった部署です。わたしは登録捜査協力員の皆さまの担当をしています」

ゆったりとした口調で春菜は答えた。

詩織は康長の顔をまじまじと見た。

「浅野さんは鬼刑事さんですか」

怖そうな顔を作って詩織は訊いた。どこかに笑顔が隠れている。

「ま、そういうことですね。県警一の鬼刑事です」

とぼけた声で春菜は答えた。

「おいおい、待ってくれよ」

康長がまじめにあわて声を出したので、春菜は噴き出しそうになった。

「とりあえずコーヒーでいいかな？」

通りかかったホールスタッフを呼び止めて、康長は三人分のホットコーヒーを頼んだ。

すぐにコーヒーはサーブされて、三人はそれぞれカップを手に取った。

「寺崎さんはイラストレーターさんなんですね」

みんながコーヒーに手をつけたところで、春菜は問いかけた。

「はい、武蔵野美術大学の視覚伝達デザイン学科を出ています。イラストレーターを一筋に目指してきました。五年前に都内のデザイン事務所から独立して現在に至ります……って就活みたいですね」

どうやら詩織は陽気な女性らしい。

詩織は冗談めかして肩をすくめた。

「あはは、いいなぁ。イラストレーターさんってかっこいいです」

明るく笑って春菜は言った。

「といっても、マイナーな仕事が多いんです。いちばんメジャーな仕事は小説の挿絵かな。わたしの絵柄だと警察小説の仕事とかはこないですね。ラノベが多いかな。イベントのポスターでも、商品パッケージでもなんでもやってます」

「クリエーターって素敵ですよね」

春菜は憧れの声で言った。

フリーランスのクリエーター。しかも自分とそう変わらない年齢の詩織には憧れを抱かざるを得ない。

県警のなかで、専門捜査支援班ほど自由なセクションはないかもしれない。

でも、警察官という職責はさまざまなものに縛られている。

「カツカツですよ。市内でも家賃の安い南区の蒔田《まいた》ってとこのアパートに住んでます」

わざと情けない顔で詩織は言った。

表情が豊かで明るく、話しているのが楽しい。

「市営地下鉄ブルーラインの蒔田駅ですね」

「ええ、横浜市の中心部に近くて安いアパートを探したら、南区になっちゃったんです。駅まで五分だし、関内まで七分、横浜まで一三分で交通の便はいいですからね」

「すごく便利じゃないですか。それに、わたしの住んでる瀬谷区のほうが家賃安いかも」

瀬谷区は横浜市のはずれだ。市内で家賃がいちばん安いエリアだとするネット記事を読んだ覚えがある。

「ふたりで貧乏自慢してどうするんですか」

春菜と詩織は笑い合った。

「でもね、近くにはコンビニくらいしかないから不便なんです。ブルーラインって駅前に商店街ってないじゃないですか。蒔田の森公園が近いのだけが救いです。もともとは蒔田城ってお城があったところで森が深いんです。小川が流れてて池があります。湧水まであるんですよ。朝なんて鳥の声で起きちゃうくらいです」

イキイキと詩織は話した。

明るい詩織のおしゃべりを聞いているのは楽しいが、そろそろ本題に入らなければならない。

「寺崎さんは万年筆がお好きなんですよね」

春菜はさりげない調子で切り出した。

「大好き。でも、お金ないからそんなに持ってなくて、憧ればっかり強いんですよ」

照れたように詩織は笑った。

「今日はそんな寺崎さんのお知恵をお借りしたくて、お時間を頂きました」

春菜は丁重な口調で言った。

「わたし、万年筆好きが増えてほしいので警察の活動でお役に立てないかと思って登録したんです」

詩織は笑顔で答えた。

「一昨年の五月に登録して頂いています」

「とうとうお呼びが掛かったんですね」

「ええ、最初にご説明したいことがあります」

春菜はいつものように捜査協力員の職務についての注意事項を伝えた。

「大丈夫です。短期間ですけど、県庁の非常勤職員の仕事をしたことあるんです」

自信ありげに詩織は請け合った。

「寺崎さんはどんな万年筆がお好きなんですか」

「ひと言で言ってイタリア万年筆です」

詩織はきっぱりと言い切った。

「わたし、万年筆はまったくの素人なんです。イタリア万年筆って、メーカーもよくわかってないんです」

春菜は正直に言うしかなかった。実はメーカー名はひとつも知らない。

「モンテグラッパ、アウロラ、ヴィスコンティ、スティピュラ、カンポマルツィオ、ティバルディ、マーレン、惜しくも廃業してしまったデルタ、オマス……」

詩織はよどみなく、スラスラとメーカー名を挙げた。

「そんなにあるんですか」

春菜は驚いて訊いた。

「一九一〇年代に創業された歴史の古いところも、一九八〇年代スタートの新しいところもありますが、この九社はすべて日本に正規輸入実績のあるメーカーです」

口もとに笑みを浮かべて詩織は答えた。

「日本の大メーカーは三つですよね」

藍原から聞いたことを思い出して春菜は訊いた。

「イタリアの万年筆メーカーには、パイロットコーポレーションやセーラー万年筆みたいな大企業はありません。町工場に毛の生えたような……と言うと言い過ぎかもしれませんが、中小企業が中心です。ちなみに小さい工房なんて無数にありますよ」

しっかりとした口調は、それまでのふわふわした詩織とはだいぶ雰囲気が違った。

フリーランスというのは個人事業主だ。被用者の春菜とは企業に対する感覚も違うのだろう。

「ですが、万年筆の価値は企業規模とはまったく無関係ですからね」

言葉に力を込めて詩織は言い切った。

「そんなお話をほかの協力員さんにも伺いました」

まったく同じことを藍原が言っていた。

「値段が高いことが万年筆の価値ではないですけど、世界一高価な万年筆を知ってますか」

詩織はゆったりとした口調で訊いた。

「モンブランの『氷』でしょうか？」

大友の話を思い出して春菜はおぼつかなげに答えた。

「いいえ、イタリア万年筆です。ティバルディの『フルゴール・ノクターナス』というモデルが世界一と言われています」

「さっき出ていたメーカー名ですね」

「はい、ティバルディは一九一六年にフィレンツェで創業したメーカーです。一九六五年から長らく休業していましたが、モンテグラッパの資本協力により二〇〇四年に再スタートしました。二〇〇六年のハリウッド映画『ダ・ヴィンチ・コード』の公式万年筆を発表して復活したのです。スターリングシルバー製で日本でも八〇万円弱で売り出されました」

張りのある声で詩織は言った。

「で……いくらなんです？」

じれったそうに康長が訊いた。

「『フルゴール・ノクターナス』も『氷』と同じく、世界で一本ですが、あるオークションで八〇〇万ドルで落札されました。日本円にして約八億円です」

表情も変えずに詩織は答えた。

「八億円……」

春菜はかすれた声で言葉をなぞった。

たとえではなく、本当にめまいがしてきた。

「うわ……八億円って言ったら、自家用ジェット機や沖縄の無人島が買えるじゃないか」

康長は叫び声を上げた。

「誰が落札したのかは明らかにされていませんが、自家用ジェット機でオークションに来た人かもしれませんね」

詩織は静かに微笑んだ。

「イタリア万年筆の魅力ってどこにありますか」

気を取り直して春菜は訊いた。

「ひと言で言ってセクシーなんです」

口もとに笑みを浮かべたまま、詩織は答えた。

「セクシー……というとつまり……」

意味が摑みにくかった。

「これってセクシーじゃないですか」

詩織はリュックから、ペンシースのなかに入っていた一本の小ぶりな万年筆を取り出して春菜の掌に置いた。

「わぁ、ほんとにセクシー」

目の前に万年筆を近づけた春菜は小さく叫んだ。

淡いブルーに白雲のようなあるいは波しぶきのような白いもやもやとした色合いが混じった、複雑で繊細この上ないボディだ。

クリップはシルバーで、波が浮き彫りになったシルバーリングがキャップを嵌めるネジの上に嵌め込まれている。リングの少し上のキャップには濃淡二色の差し色の帯が入っている。海のボディと三段階のグラデーションは海の深さを表しているようにも見える。

ボディのレジンも手に吸い付くような心地よさを感じさせる。

なによりもボディのこの淡いブルーが素晴らしい。

なんという色名なのか、春菜にはわからないが、明るい南の海を思わせる。

「ありがとうございます。すごく素敵です。わたしいっぺんで好きになりました」

ジュエリーとは違う、もっとやわらかな魅力がある。セクシーという言葉で表現してもいいだろう。

春菜は万年筆を注意深く持って、詩織に返した。

詩織がキャップをひねると小ぶりなペン先が姿を現した。

ペン先もクリップと同じような明るいシルバーに輝いていた。おそらくはロジウムコーティングだろう。

もとの状態に戻して、詩織は万年筆をテーブルの上に静かに置いた。

「なんていうモデルなんですか？」

春菜は身を乗り出すようにして訊いた。

「デルタのカプリコレクション・マリーナピッコラと言います。ここでは『ちいさな海』っていうような意味合いですね。青の洞窟で有名なイタリア南部のカプリ島をイメージしたモデルなんです」

嬉しそうに唇をまるめて詩織は答えた。

「やっぱり南の海ですよね。でも、トロピカルじゃなくって地中海！」

春菜は浮かれた声で言った。

「もちろん、カプリ島なんていったことないし、本当の海の色はわかりません。でも、この子を見た瞬間、宮崎駿監督の『紅の豚』に出てくるポルコ・ロッソの秘密基地を思い浮かべたんです」

「あ、あのポルコが入江に赤い飛行艇を浮かべてラジオ聞きながらお酒飲んでる場所ですね」

白っぽい断崖絶壁に囲まれたシークレットビーチが春菜の脳裏に浮かんだ。

「そうです。あのシーンはギリシャ・ザキントス島のナバイオビーチをモデルにしているそうなんですが、わたしはあの秘密基地を想像しちゃったんです」

「わかります」

「ポルコ・ロッソはアジトを持ってたけど、わたしはあんなとこにアトリエ持ちたいなって……。そこへ別れた恋人から『会いたい』って電話が掛かってくる。わたしは言うんです。

『いまから泳いでくれれば、夕陽がきれいなうちに』って」

おもしろそうに詩織は笑った。

「つまりこのマリーナピッコラは、寺崎さんのストーリーが詰まった万年筆なんですね」

藍原の言葉を思い出して、春菜は言った。

「細川さん、いいこと言うなぁ。でも、そんな風に返事したい男なんてひとりもいないです」

どこまで本気なのか。

「えー、いるのかと思ってました」

「えへへ、あくまでもストーリーですから」

「ストーリーかぁ」

「わたしね、最初は万年筆なんかにまったく興味なかったんですよ。何年前だったかな。そうだ、わたしが武蔵美《むさび》三年の冬だから二〇〇八年です。銀座の伊東屋さんでこの子と出会ったんですよ。でも、九万円近くしたんです。その頃住んでたアパートの二ヶ月分の家賃ですよ。そんなの買ったら住むとこなくなっちゃいます。これがほしくて必死に居酒屋でバイトしました。でも、美大って課題を頑張んないと進級も危ないからバイトと制作で寝る暇もないくらいでした。細川さんの言葉を借りれば、わたしのストーリーを手に入れたくて」

詩織は春菜の目を見てまじめな顔で言った。

「わたしもそんなストーリーを持った万年筆を手に入れたいです」

春菜の言葉に詩織は目を見張って訊いた。

「細川さんも万年筆が好きなの?」

「好きになり始めたところなんです。実はまだ一本も持ってなくて」

「ぜひ、イタ万沼にはまってください。デルタは美しい軸がそろっているし、イタ万のなかでは品質も安定していてお奨めしたいです。でも、廃業しちゃったから、大きな文具店なんかは修理してくれないんですよね。モンテグラッパも美しい軸がそろってるけど、いいのは高いしなぁ。そうだ、信頼性も高いし、アウロラがいいかも」

ポケットから取りだしたスマホをタップして、詩織は画面を覗き込んだ。

「ああ、最近はこんなに高くなってるのか。円安のせいかな。ちょっとわかってなかったな」

つぶやくように言って、詩織はスマホの画面を春菜に見せた。

「きれいなのばっかり……」

春菜はほっと息をついた。

色とりどりの美しい軸が並んでいるが、ほとんどが九万円以上だ。

春菜は情けない声で言葉を継いだ。

「でも初心者にはちょっと手が届かないです」

九万という価格の万年筆を使う感覚は春菜にはない。

いままで聞いていた話で、一万円くらいは張り込んでいいかなと思い始めたところだ。

いや、それもすでに金銭感覚がおかしくなっているのかもしれない。

「アウロラはイタリアの万年筆では、とりわけ品質が画一化されて安定しています。イタ万は魅力だらけですけど、日本人にはウケない部分もあります。たとえばこのキャップトップを見てください」

詩織はテーブルのマリーナピッコラを手にしてキャップの先端を見せた。

丸いなにかの模様が描かれた四角い銀のプレートが埋め込まれている。

「これはカプリ島のシンボルであるサントステファノ教会の時計塔文字盤を描いたものです」

なかなか存在感のある装飾だ。

「素敵ですね」

「でもね。キャップの取付位置を正面とすると、少し右にズレているでしょ」

唇を歪めて詩織は笑った。

「ほんとだ」

春菜は驚いて目を見張った。たしかに二度くらい右に傾いている。

「買うときからわかっていたの。イタ万ではこうしたことはあたりまえだから。むしろイタ万らしくていいなと思った。欧米人、とくにラテン系の人たちはこんなことまったく気にしないんですって。家具に傷がついていても、自分だけのオリジナルだって喜ぶ国民性ですから」

眉をひょいと上げて詩織は言った。

「本当ですか」

春菜の驚きに詩織はあごを引いて続けた。

「そんな点が日本人には好かれない。だから輸入万年筆でもドイツが好まれる。たとえばモンブランなんかが最高の万年筆と称されるんです」

「同僚にもモンブランのファンがいます」

春菜は大友の顔を思い出して言った。

「でもね、わたしはモンブランは好きじゃない。なんていうかかわいげがないんですよ。冷たい優等生って感じ。たぶんああいう男とは一生つきあわないな」

詩織は声を立てて笑った。

3

そろそろ事件について尋ねなければならない。

「実はわたしたちは、今月の六日に起きた箱根仙石原の殺人事件の捜査をしています」

春菜はなるべく明るい声で話を切り出した。

「あの事件の……」

硬い表情で、詩織は唇を震わせた。

いきなり殺人事件の話をされて、驚くのはあたりまえの反応だ。

むしろ詩織は平静なほうだろう。

「この事件はご存じでしたか」

「ええ、報道されていましたから」

詩織は平板な口調で答えた。

「事件の被害者は布施公一郎さんという男性ですが、ご存じですか」

春菜は詩織の目を見て訊いた。

「存じ上げません」

感情の感じられない声で詩織は答えた。

「布施さんはイタリア万年筆愛好家団体『カゼルタ』の会員だった時期があるのです。寺崎さんは団体の解散まで会員でしたよね」

やわらかい口調で春菜は訊いた。

「どうしてそれを……」

詩織はのどの奥で低くうなった。

「実は昨日、伊勢佐木町の《ステーショナリー・サクヤマ》を尋ねて、『カゼルタ』の事務局長だった佐久山さんに会員名簿を見せて頂いたのです」

おだやかな口調を崩さずに春菜は答えた。

「だから、わたしを呼び出したんですか」

ちょっと突っかかるような口調で詩織は訊いた。

「いいえ、そうじゃないんです。お電話したときには知らなかったんです。聞いたのは昨日ですから」

言い訳するように春菜は答えた。

「ああ、そうなんですか」

詩織は納得したようにうなずいた。

「布施さんについてなにか覚えていることはありませんか」

春菜は静かに問いを重ねた。

「少しだけ思い出しました。布施さんって七〇歳くらいのご老人ですよね。顔はぼんやりと覚えています。ちょっと入ってすぐにやめてしまったので、とくに覚えているようなことはありません」

素っ気ない調子で詩織は答えた。

「布施さんと親しかった人や仲の悪かった人は知りませんか」

春菜はゆっくりと問いを重ねた。

「とくに印象がないですね。そのことなら、わたしなんかより佐久山さんに訊いたらいいんじゃないんですか」

「寺崎さんは佐久山さんとは親しいんですか」

春菜の問いに詩織ははっきりと首を横に振った。

「いいえ、あまりお話ししたことはありません。年齢もずっと離れていますし」

ワンテンポ置いて、春菜は質問を変えることにした。

「解散の原因となった沼田顕郎教授の事故はご存じですよね？」

春菜は詩織の目を見つめて訊いた。

「沼田先生……」

詩織の両の瞳がじわっと潤んだ。

「ご存じですよね」

春菜は念を押して尋ねた。

この事故について、会員は知らないはずがない。

「もちろん知っています。沼田先生あっての『カゼルタ』でしたから……」

半分かすれ声で詩織は答えた。

「寺崎さんは沼田教授とは親しかったのですか」

「わたしがとくに親しかったわけではありません。沼田先生はどの会員にもやさしく接して下さいました」

「どんな方でしたか」

「温厚で教養豊かで素晴らしい方でした。イタリア万年筆については日本一お詳しかったと思います。それだけではありません。イタリアを始めとするヨーロッパ文化について造詣が深く、会員の誰もが先生のお話を伺って勉強することを楽しみにしていました」

しんみりとした口調で詩織は答えた。

「本当に残念なことですね」

春菜は静かな口調で言った。

「その仙石原の事件と沼田先生の事故はなにか関係があるんですか」

抗議するような詩織の口調だった。

「いまのところ直接のつながりは見えていません」

春菜は正直に答えた。

「じゃあなんで、沼田先生の事故について質問するんですか」

食ってかかるように詩織は訊いた。

「『カゼルタ』の大黒柱であった沼田教授と同じ万年筆愛好家であり、しかも『カゼルタ』の会員でもあった布施さんが被害に遭ったのです。関係がないと断定できる段階ではありません」

横から康長が身を乗り出した。

「警察の捜査は最初は幅広く網をひろげるんだ。たくさんの人から得た情報を元にその網を狭めて犯人に迫って行くのが捜査なんだ。被害者と少しでも関連のある人にはどうしても質問を繰り返さなきゃならないんだよ」

とりなすような、なだめるような康長の口調だった。

「なんとなくわかりました」

しゅんとしたような感じで詩織は答えた。

「続けてこの写真を見てください」

気を取り直して春菜はスマホを取り出した。

「この万年筆はわかりますか」

春菜はできるだけ明るい声で訊いた。

画面には銀色に光る凶器の一体型万年筆が映っている。

「見たことのない万年筆です」

ひと言だけで、詩織は目をそらした。

この反応は不自然だろうか。しかし、詩織は布施についてはほとんど知らないと言っている。

自分に関係のない写真と思っているのかもしれない。

「これも見てくださいますか」

続けて春菜は壊された万年筆の写真を見せた。

「この万年筆をこんなひどい目に遭わせるなんて」

大きく顔をしかめて詩織は答えた。

「この万年筆をご存じなんですか」

春菜は弾んだ声で訊いた。

「いいえ、ただイタ万っぽいなと思いましたんで」

あわてたように詩織は答えた。

言葉のアヤなのかもしれないが、春菜はちょっと引っかかった。

「いまの万年筆の折られたペン先です。『ARTISTA』というイタリア語かスペイン語の刻印が入っています」

「聞いたこともないメーカーです」

ペン先の写真をちらっと見て詩織は素っ気なく答えた。

「このメモを見てください。おそらく布施さんが最後に残したメモです」

春菜がメモの写真を見せると、詩織は眉をひそめた。

「どういう意味なんでしょう。『カゼルタ』を×で消すなんて。なんだか不愉快です」

「インクの種類もわかってないのです」

しばらく詩織は画面を眺め続けていた。

「この色……見たことがあります」

春菜の顔を見て、詩織はぽつりと言った。

「本当ですか！」

春菜は小さく叫んだ。

「イタリア・ミラノの《イル・ラゲット》という工房の特色インクによく似ています。一度、沼田先生に見せて頂いたことがあります。あるイタリアの文具店が特別にオーダーしたという非常に貴重なインクで、沼田先生はその文具店を拝み倒して一個だけ譲ってもらったと聞きました。もちろん、これが《イル・ラゲット》の筆跡とは断言できません。もしそうだとすると、おそらく世界に一〇個程度しか現存しないと思います。わたしが見せてもらったのは事故直前のことですので、事故で焼けてしまったものと思っていました」

慎重な口ぶりで詩織は言った。

「では、日本では沼田教授しか持っていない可能性があったわけですね」

こころをざわつかせながら春菜は訊いた。

「そう思います……なぜ、布施さんが使っていたのか、わたしには理解できません」

詩織は厳しい顔つきで言った。

「高価なものなんですか」

春菜の問いに詩織は首を振った。

「インクは消耗品ですからね。せいぜい五〇〇〇円程度でしょうね」

さらりとした口調で詩織は言った。

「このインクって、もしかして没食子インクですか」

春菜は藍原から聞いたことを確認してみたかった。

「よく知ってますね。そうです。俗に言う古典インクです」

詩織は驚いたようにうなずいた。

「ありがとうございます。大変参考になりました」

「お役に立てたのならよかったです」

春菜は康長に目をやった。

「すごく失礼なこと訊いていいかな？」

康長は明るい声で切り出した。

「なんでしょう」

詩織の顔に警戒心が浮かんだ。

「九月六日月曜日のことなんだけど……寺崎さん、夜の七時以降どこで何してたか覚えてる？」

気安い調子で康長は尋ねた。

「アリバイですか？」

冗談めかした口調で詩織は訊いた。

「そうです、あなたのアリバイ訊いてます」

康長も軽口で答えた。

「先週の月曜ですよね。その日なら午後六時から一時間半くらい、このみなとみらいにいました」

迷いなく詩織は答えた。

「なにしてたのかな？」

やさしい声を保ったまま、康長は問いを重ねた。

「横浜に勤めてる美大時代の友だちふたりと、このクイーンズスクエアの《ゲウチャイ》ってタイ料理のお店でお誕生会をしてたんです。お誕生日だったのはグラフィック・デザイナーの長野《ながの》亜利沙《ありさ》って子です。もうひとりはアート・ディレクターの草野《くさの》麻衣香《まいか》です」

詩織はすらすらと言った。

「ふたりの名前の字と連絡先を教えてくれないかな」

康長は慎重な口調で頼んだ。

「裏を取るんですね」

はしゃぎ気味に詩織は言った。

「そういうこと」

気圧《けお》され気味に康長は短く答えた。

「了解です、警部補どの」

ふざけて詩織は挙手の礼をしてみせた。

レザーリュックからB7くらいのリングメモを取り出して、詩織はささっとマリーナピッコラを走らせた。

「ふたりには詩織が容疑者だって伝えてくださいね」

一枚破ったメモを詩織は渡しながら、声を立てて笑った。

「いや、それは……」

康長が尋問する相手に押しまくられているのを、春菜は初めて見た。

「ちなみに七時半くらいにハネてからは、そのまま自分のアパートに帰りましたんで、アリバイを証言できる人はいません」

詩織はにこやかに言った。

「そうか……ありがとう。もういいよ」

元気なく康長は言った。

「ありがとうございました。とても勉強になりました」

春菜が頭を下げると、康長は黙って一礼した。

「こちらこそありがとうございました。細川さん、イタ万にハマって、あなたのストーリーを発見してくださいね」

笑みを絶やさずに詩織は言った。

「ぜひ、見つけたいです」

春菜も笑顔で答えた。

「じゃ、失礼しまーす」

リュックを揺らしながら、詩織は弾むような足取りで店から出て行った。

「いやぁ、大変な女性だったな」

詩織の姿が見えなくなると、康長が額の汗をハンカチで拭いながら言った。

「浅野さん、汗掻いてますね」

春菜は笑いを嚙み殺しながら言った。

「すっかり彼女のペースに嵌められてしまったよ」

康長はちょっと自信なげに答えた。

「楽しい人だったじゃないですか」

「うん、明るい女性だな。それからすごく意志の強い人だと思った。それに、頭がいい。相手の心理を見抜く。それで自分の感情表現をうまくコントロールしている。したたかさも感じるな。アリバイを訊いたときにはすっかり調子を狂わされたよ」

康長は眉を寄せた。

「彼女が口にしたアリバイは信じられそうですね」

「もちろん裏はとるが、あのお誕生会は間違いないだろうな。少なくとも七時半頃までは、このみなとみらいにいたんだ」

「そうすると、別荘の電子キーから推定されている七時七分から七時三五分の犯行時刻に、仙石原に行くことは不可能ですね」

春菜の言葉に、康長はしっかりとあごを引いた。

「そういうことになるな。彼女は少なくとも実行犯ではないだろう」

康長は考え深げに言った。

「でも、寺崎さんが今回の事件と関係があると思ってませんか」

春菜は慎重に訊いた。

「凶器などの写真に対する反応がぎこちなかった」

康長はぽつりと言った。

「わたしもそう思いました」

春菜はきっぱりと言い切った。

「ま、それだけのことだが……いや、彼女はどこか不自然だ」

宙にぼんやりと目を置いた康長はなにかを考えているようだった。

「わたしのまったくの勘ですが、寺崎さん、なにか大きなことを隠しているんじゃないでしょうか。だから、はしゃいだりふざけたりして、わたしたちの注意を逸らそうとしていたんだと思います」

詩織と話している途中に、何度もそう感じた。

「そういうことか」

康長はハッとしたように春菜の顔を見て、大きくうなずいた。

「わたしの単なる思い込みだと思いますけど……」

強く主張する自信はなかった。

「いや、細川の勘は当たっていると思う。だが、俺には彼女がなにを隠しているのかは見えてこない」

「同じです」

「いずれにしても、彼女とはまた会う必要があるな」

気難しげに康長は言って、急に明るい表情に変わった。

「さ、帰るぞ」

康長はレジに向かって会計を始めた。

「わたし買い物していこうかな」

レジの横で春菜はつぶやいた。

「おい、勤務中だろう」

笑い混じりに康長は言った。

「万年筆、眺めてくるんですよ。今後の捜査の参考になるはずです」

たしか、クイーンズスクエアのなかには丸善があったはずだ。

「俺は細川の管理職じゃないからな。あーあ、これから小田原か……」

嘆き口調で康長は言った。

「お疲れさまです」

まじめに気の毒に思って春菜は言った。

「仕方ない。店出るか」

あきらめ声で康長は言った。

康長と並んでエスカレーターに乗りながら、春菜は万年筆という不思議な道具について、さらに寺崎詩織という個性的な女性について考えを巡らしていた。

# 第四章　悲しきストーリー

## 1

翌日の午後三時、春菜たちは田園都市線のつきみ野駅近くの《アヴェク・トワ》という喫茶店で、協力員の浜尾泰史と会っていた。

六一歳の浜尾は、大和《やまと》市役所で再任用職員として勤めているという。

今日は夕方から渋谷に所用があるので、半日休みをとったという話だった。

登録捜査協力員は公益に資するうえに営利活動でないので、公務員の兼業禁止規定には反しない。

グレーの髪の毛に四角い顔に大きめの鼻とちょっと厚めの唇を持っている。

オーバル型のメガネの奥の両の瞳は知的に光っている。

おだやかそうで大学の先生を思わせる風貌だった。

ダンガリーシャツに白いコットンカーディガンを羽織り、チノパンを穿いていた。

春菜たちは名乗って名刺を渡したが、定年退職後名刺は作っていない、と浜尾は笑った。

注意事項を告げると、公務員を長年やってきたので心配ないと答えた。

「不思議だねぇ。まさか僕にお呼びが掛かるとは思ってもいなかったよ」

コーヒーを飲みながら、浜尾はゆったりと言った。

「浜尾さんに万年筆について教えて頂きたいと思いまして」

春菜は丁重に答えた。

「僕は四〇代の頭から万年筆にとりつかれてね。たまたまウォーターマンのカレン・デラックスをプレゼントされたのがきっかけだ。ガチニブと言われる硬い書き心地のモデルだけど、インクフローがよくてね。万年筆ってもんはこんなに書きやすいのかって感心したのが始まりだった。いつの間にかすっかり万年筆沼にはまってしまった。とくにイタリアの万年筆が好きになってね。イタ万は手作りが多い。たとえばトリノのアウロラ社は、ペン先はもちろんクリップさえ平たい真鍮板から叩き出して作っている。ボディはアウロロイドという自社開発の樹脂をロクロで削り出しているんだ。代表モデルのオプティマはそんな風にアルティザンと呼ばれる職人たちの力量を味わえるのが実に楽しい。安いモデルでもペン先からクリップ、ボディのすべてを自社工場で生産している。こんな万年筆メーカーはそれほど多くはないんだよ」

浜尾はゆったりとした口調で言った。

「えー、そうなんですか」

あまりの意外な話に春菜は驚きの声を上げた。

「顕著な例は書き味を決めるペン先だ。世界に万年筆メーカーは無数にある。だが、世界でペン先を自社生産しているのは、たった一〇社に過ぎないんだ」

浜尾はさらりと言ったが、春菜と康長は顔を見合わせた。

「まさか」

「信じられません」

ふたりの反応に浜尾はニコニコと笑って言葉を続けた。

「久保工業所やFURUTAのような、ごく一部の小工房の万年筆は別と考えてほしい。だけど、ある程度の規模を持ったメーカーでは次の一〇社だけだ。すなわち、イタリアのアウロラ、ドイツのモンブラン、ペリカン、ラミー、イギリスのパーカー、フランスのウォーターマン、アメリカのクロス……」

「日本のメーカーはどうなんですか」

せわしなく春菜は訊いた。

「あはは、安心したまえ。残り三社はパイロット、セーラー、プラチナだ」

浜尾は嬉しそうに言い切った。

「よかったです」

やっぱり日本のメーカーはきちんと自社でペン先を作ってほしい。

「ほかのメーカーはペン先メーカーであるボック社、シュミット社、ヨボ社のＯＥＭなんだよ。この三社はすべてドイツにある。名だたるイタリアの万年筆もアウロラ以外はドイツ製のペン先をつけているということだ。意外と知られていないんだけどね」

浜尾は片目をつむった。

「なんか、複雑な気持ちです。すごく素敵な軸を気に入っても、ペン先が他社製なんて……」

春菜はどこかがっかりしている自分に気づいた。

「失望させてしまったかな」

浜尾はコーヒーカップを手にした。

「デルタの万年筆ってきれいですよね。デルタのペン先もＯＥＭなんですか」

詩織を思い出しながら、春菜は念を押した。

「たしかにデルタは美しい軸を作ってきた。だが、ペン先はボック社製だよ。モンテグラッパもオマスも同じだ」

しかし、詩織はペン先にはこだわっていなかった。すでにOEMということを知っていたのだろう。彼女の物語は変わらないかもしれない。

浜尾はコーヒーカップを口もとから離して言葉を継いだ。

「もしすべてを自社製にこだわるならイタ万ではアウロラしか選択肢はない」

「実はわたし、最初の一本を買いたいと思って、昨日もみなとみらいの丸善に寄ってきたんです。とりあえず眺めてみようって。そしたら万年筆を使ってみたい気持ちがどんどん高まったんです」

頬を熱くして春菜は言った。

「それはいい話だね」

浜尾はにこっと笑った。

「オプティマも置いてありました。アランチョというオレンジ軸のモデルが素敵だなぁと思いました。でも、オプティマって高いですよね」

春菜は情けない声で言った。

オプティマにはやはり九万円以上の値札がついていた。

「そう思うのなら、オプティマのような高い万年筆は買わないほうがいい。万年筆は素晴らしい筆記具だが、同時に美術品でもある。高級万年筆には美術品としての値段が乗っているんだ。わかりやすい日本の例を言おう。ボディを漆塗りにする、さらに蒔絵を施す、こんな万年筆は数多い。あるいは輪島塗や螺鈿《らでん》細工を取り入れているモデルもある。はては源右衛《げんえ》門窯《もんがま》や香蘭社にボディを作らせた有田焼万年筆もある。このように、さまざまな工芸技術を取り入れている万年筆が世の中にはたくさん存在する。これらの技術にかかるコストは大きいが、筆記具としての価値とは無関係だ」

浜尾は力強く言い切った。

「なるほどぉ」

春菜は妙に感心してしまった。

「たとえば一万円ちょっと出せば、日本製なら書き味最高の14金や18金の万年筆が買える。美術品としての価値はないかもしれないが、筆記具としては必要十分だ」

つよい口調で浜尾は言った。

「本当ですか」

「ああ、最初に買う一本は美術品としての価値を求めないほうがいいと思う。それでいいのなら、パイロット万年筆のカスタム74とセーラー万年筆のプロフィット・ライトはともに14金のペン先を持っていて定価は税込みで一万三二〇〇円だ。修理調整も可能だ。人の好みはいろいろだから、あくまでも一般的な書き味の話だけどね」

浜尾はにっと笑った。

「それくらいなら買えそうな気がします」

春菜の胸は弾んだ。

「もっと安価に万年筆に触れたいのなら、ステンレススチールのペン先を持つものを選べばいい。一〇〇〇円以下の万年筆だって使えないことはない。パイロット万年筆のカクノ、セーラー万年筆のハイエース・ネオ・クリア、プラチナ万年筆のプレピーはいずれも数百円で買えるものもある。子ども用とも言えるが、何本か買ってさまざまなインクを入れて遊び感覚で使ってみるのも悪くはない」

「遊び感覚でふだん使いですか」

ちょっと惹《ひ》かれる浜尾の言葉だった。

「そうだ。日本人にとって万年筆はどこか特別なものだ。インテリが使う高級な道具のイメージがある。だがね、あたりまえの話なんだが、欧米ではそんなに特殊なものじゃない。だってペン書きは日常だったわけだからね。対して、タイプライターは特別な道具だったと思うが。とくにヨーロッパでは、子どもにペンや万年筆を使わせることがふつうだ。日本の学校で習字を教えるのと変わらない。で、おもしろいのがフランスだ。フランス全土の小学校で指定インクがあったんだよ。エルバン社のヴィオレパンセというインクだ。エルバン社はルイ14世時代の一六七〇年創立の会社だ。なんと、三五色のインクを出している。忘れな草ブルー、ムーンシャドウ、ラルム・ド・カシス、トロピカルコーラル、イナゴマメレッド、ビルマの琥珀《こはく》なんて名前を聞くだけも楽しいだろ」

浜尾は無邪気な笑顔を見せた。

春菜はこの会社のインクにもストーリーがあると感じていた。

「ほんとに素敵ですね。フランス人のこういう詩的な感覚って、わたしたちには真似できないかもしれませんね。たとえば、ムーンシャドウって、すごくポエジーなネーミングじゃないですか。バラの花にそんな名前がありましたよね。エルバンのはどんな色なのですか？」

「バラの品種からとった名だろうけど、渋めの紫だよ。万年筆で使うといささか茶色が濃くなるな。ヴィオレパンセはパンジーの紫という意味で、もっとやさしく明るい紫だ。なんとナポレオン一世の時代から一九六六年までずっと学校で使うインクとして指定されていたんだ。だからフランスの老人たちはヴィオレパンセを見ると、子どもの頃をなつかしく思い出すそうだ。それくらい、フランス人とインクは強く結びついている」

やわらかい発声で浜尾は言った。

「日本の小学校ではメインとなる筆記具は鉛筆ですね」

あらためて春菜はそう思った。

「消しゴムで消せるから間違ったときに便利だ。しかしね、フランス人はその利便性を捨てて、インクの発色の美しさとペン書きによる疲労の軽減を選んだわけだ」

とつぜんハッと気づいた。

「もしかすると、消しゴムで消す文化は日本人の潔癖さゆえなのでしょうか」

春菜の言葉に、浜尾は嬉しそうにうなずいた。

「君はいいこと言うね。そうかもしれない。日本人は間違いを許さない。だから、誤記は消そうと努める。鉛筆と消しゴムはぴったりの筆記具だ。だが、万年筆を使えば、間違いは可視的に残ってしまう。誰かが言ってたような気がするが、間違いは間違いとして先へ進む思考が必要になってくるんじゃないだろうか。さらに子どもの頃から鉛筆や消しゴムを使い続ければ、間違いを許さない傾向が進むということはないだろうか。いや、それはいくらなんでも考えすぎか……」

浜尾は声を立てずに笑った。

「わたし、間違いを許せる人間になるためにも、万年筆を使ってみたいと思います」

宣言するように、春菜は言った。

「うん、とにかくまずは使ってみることをお奨めするよ」

満面の笑みで浜尾は言った。

「浜尾さんはたくさんの万年筆をお持ちなんでしょうね」

あらためて春菜は訊いた。

「断捨離じゃないけど、コレクションしていた一〇〇本あまりの万年筆を、定年退職のときにほとんど売ってしまった。大切な五本だけを残したんだ。これからは使う万年筆だけを、手もとに置こうと思ってね。だって人間には手は二本しかないだろう。それでも多すぎるくらいだ」

声を立てて浜尾は笑った。

「あの……もしかして浜尾さんは沼田顕郎教授をお手本としたんですか」

残した万年筆の本数まで同じだ。春菜は確信していた。

「よくわかったね。沼田先生の猿真似だよ……細川さんは僕が『カゼルタ』の会員だったことを知っているんだね」

驚いた顔で、浜尾は春菜を見つめた。

「はい、知っています」

春菜は正直に答えた。

「僕の人生の師だった。万年筆のことだけじゃない。生きる上での師だった。あの方のように生きたい、年老いていきたいと思っていた。だのに、あんなことになってしまって……なんとも口惜しい。先生とのおつきあいはたった一二年で終わってしまった。残念でならない。僕みたいな青二才は、沼田先生からまだまだたくさんのことを学ばなければならなかったのに……」

浜尾は声を詰まらせた。

「寺崎詩織さんもとても悲しんでいました」

「え、詩織ちゃんに会ったの？」

またも浜尾は驚きの表情で春菜を見つめた。

「はい、昨日お会いしました」

あっさりと春菜は答えた。

「あの子は僕以上に悲しんでいた。沼田先生とのつきあいも僕より長いからね。僕が『カゼルタ』の会員になったとき、すでに彼女は会員だった。沼田先生が亡くなったときはちょうどイタリアに旅行中でね。もっと知恵を働かせていれば防げた事故かもしれないと、自分を責めていた」

「どういうことですか」

春菜には詩織の言葉の意味がわからなかった。

「実はね、亡くなる前の一年ばかり沼田先生は嗅覚が衰えてたんだ。理由はよく知らない。加齢のせいかもしれないね。だから、事故のときに漏れたガスの臭いにも気づかなかったんだよ。詩織ちゃんは警告ランプの光るガス漏れ警報器を無理やりにでも取りつければよかったと散々悔しがっていたんだ」

悲しげに浜尾は言った。

「そうなんですか」

「詩織ちゃんは、沼田先生がいちばんかわいがっていた人だよ。みんながふたりは父娘《おやこ》みたいだって言ってたくらいだから。詩織ちゃんは、教養豊かで、利他的で、清廉無欲な先生を心から尊敬していた。先生は彼女の真摯《しんし》さやひたむきに生きる姿、他人へのやさしさを愛していたように思う」

浜尾は熱を込めて言った。

春菜は大きな違和感を覚えていた。

詩織は沼田と特別に親しいわけではないと語っていた。

「とても素敵な女性ですね。ちょっとお話ししただけでもよくわかりました」

この点に関しては春菜は本音でそう思っていた。

「そう、明るくやさしく、おもしろい。とても個性的な女性だね。でも、気が強いところもあった。なにせ高校で弓道やってたくらいだからね」

明るい顔に戻って浜尾は言った。

「見かけによらないですね」

正直びっくりした。

詩織は、そんなにスポーツが得意な女性には見えなかった。

「うん、だが、彼女は大学時代も続けて最終的には参段の腕前になっていたと思う」

なぜか心がざわついた。

「そんな腕前になるためには、よっぽど意志が強くなきゃ無理ですよね」

チアリーディングの部活動を続けるために、春菜はかなりの意志の力を要した。詩織もきっと努力を惜しまぬ人間なのだろう。

「そう、そんなところもあった。一方で沼田先生が亡くなったときには、別人のように落ち込んでた。目に見えて痩せちゃってね。食べ物も喉を通らないって感じだったよ。『カゼルタ』の例会で会ったときなんか、声を掛けるのもはばかられるくらいだった」

どこかしんみりとした口調で浜尾は言った。

やはり不思議だ、そんなに親しい沼田のことを詩織はそこまで詳しくは話さなかった。

もっとも、深い悲しみを伴う沼田の事故について、初対面の春菜たちに話したくなかっただけなのかもしれない。

そろそろ事件の話をしなければならない。

「実はわたしたち、先週月曜日、九月六日の夜に箱根仙石原で起きた布施公一郎さん殺害事件を捜査しています」

春菜は平らかな口調で事件の話を切り出した。

「ああ、報道されてたね。布施さんが殺されたなんてねぇ。実に恐ろしいことだ」

浜尾はぶるっと身を震わせた。

「浜尾さんは布施さんのことをご存じなんですね」

畳みかけるように春菜は訊いた。

「布施さんは『カゼルタ』の会員だったからね。だけど、よくは知らない。すぐにやめてしまったから……ただ、あまり好きになれなかったな。一流商社に勤めてたことを鼻に掛けているところがあった。すごいコレクションを持っていたようだが、それも万年筆への愛とは思えなかった。万年筆はときに時間とともに値上がりする。希少価値のある限定ものはなおさらだ。布施さんは投資のつもりで万年筆をコレクションしていたのかもしれない」

不愉快そうに浜尾は言った。

「モンブランの作家シリーズを、布施さんは全モデル揃えていました」

ずらりと並んだきらびやかなモデルを思い出しながら春菜は言った。

「まさにその典型だ。彼は本当に万年筆を愛していたのか、僕は疑問なしとしない。知識はたくさん持ってたけどね。所有している万年筆もほとんどインクを入れずにしまっていた。どんな高価な万年筆でも本当の愛好家なら使いたくなるはずだけどね」

浜尾は唇を尖らせた。

「布施さんと沼田先生との関係は良好でしたか？」

春菜は期待を込めて訊いた。

しばらく苦渋の顔で浜尾は黙っていた。

「こんなことを言っていいかわからないけど、すでにお二方とも亡くなっているから……」

浜尾はゆっくりと言葉を継いだ。

「沼田先生は亡くなる直前に、事務局長の佐久山さんに布施さんのことを『万年筆愛好家の風上にも置けない』とか『人として許されない』とか言っていたんだ」

「ずいぶんと激越な言葉ですね」

顔をしかめて浜尾はうなずいた。

「研究会場に忘れたハンカチを取りに戻って、僕はうっかり聞いてしまった。大変驚いた。あんな激越な調子で誰かを非難する沼田先生を見たことはなかった。少なくとも沼田先生は布施さんを嫌っていたはずだ。この話を誰かにするのは初めてだけどね」

布施はどう考えてもすぐれた人間ではないようだ。

誰かに恨みを買っている可能性も高いような気がする。

しかしなぜ佐久山はそのことを黙っていたのだろうか。この場合には沈黙もウソつきと変わらないだろう。

「最後に何枚か写真を見て頂きたいんですが」

春菜はスマホを取り出して凶器の写真を表示した。

「こりゃあ珍しい。このペン先一体成形の万年筆は、イタリア北部ボローニャのフルミネという小工房が一九九〇年頃、試験的に作ったモデルだ。モデル名は《サエッタ》……つまり矢だ。一〇〇本程度しか制作されていないと聞いている。いったい誰が日本に持ち込んだものか」

興味深げに浜尾は言った。

春菜のこころは弾んだ。

謎が解けたわけではないが、捜査の進展につながる可能性は高い。

「高価な万年筆ですか」

「いや、書き心地がいまひとつだ。パイロットμのデッドコピーだよ。こんな特殊なものは日本の大メーカーしか作れないだろう。そうだねぇ、それでも一〇万円くらいはするだろうねぇ。歴史的価値はあるからね」

続けて壊された万年筆の写真を表示させると、浜尾は両の瞳を見開いた。

「え……」

絶句した浜尾は、ぽかんと口を開けた。

「どうしたんですか？」

春菜は驚いて浜尾の顔を見た。

「これは、君、大変な写真だ」

浜尾の眉は震えていた。

「なぜなんです」

平静な口調で訊きながらも、春菜はわくわくしていた。

またひとつの謎が解けそうだ。

「こんな高級万年筆が修理不能なまでに破壊されている。いったい誰がなんのためにこんな無残なことをしたものか」

浜尾は唇を突き出した。

「そんなに高級な万年筆なのですか」

春菜は念を押した。

「この万年筆はミラノのすでに存在しないアルティスタというメーカーの《アルコバレーノ》という高級万年筆だよ。イタリア語で虹という意味だ」

浜尾は言葉に力を込めた。

「虹色のボディがとてもきれいですね」

最初に写真を見たときから感じていた。

「たしか四〇年ほど前に三〇本くらいしか制作されていないはずだ。日本にあるとは知らなかった」

興奮気味に浜尾は答えた。

「実売ではいくらくらいになりますか」

身を乗り出して春菜は訊いた。

「そうだね、僕は専門家ではないからはっきりとはわからないが、八〇〇万円はするだろう」

言葉とは裏腹に自信ありげな浜尾の声だった。

「この万年筆は布施さんの遺体の近くにあった机の上に放置されていたものです。これが少し離れたところで発見されたペン先です。『ARTISTA』という刻印が入っています」

春菜が写真を見せると、浜尾は大きくうなずいた。

「うん、間違いない。やっぱりアルティスタのモデルだ。これを破壊したのは、万年筆の価値がわからない人間だよ。実売額などわからなくとも、万年筆ファンなら高級万年筆だとすぐわかるだろう」

浜尾の言葉は正しかろう。

この万年筆を平気で壊す人間は理解できない。

見た目だけでも、いかにも高級に見える。

「最後になります。これは布施さんが亡くなる前に残したと思われるメモです」

「嫌だな、『カゼルタ』になんで×をつけるんだ。布施さんは僕たちを嫌っていたのか」

不愉快そうに浜尾は口を尖らせた。

「寺崎さんも不愉快だと言っていました。さらに彼女はこの文字がミラノの《イル・ラゲット》という工房の特色インクで書かれたのではないかと言っていました」

春菜の説明に浜尾は納得したようにうなずいた。

「ああ、そうなのか。でも、特色だから僕はこの色は見たことがないよ」

浜尾は画面に顔を近づけて、何度か色合いを確認していた。

「大変恐縮ですが、浜尾さんは先週六日の月曜日、夜の七時以降にどこで何していましたかね」

タイミングよく康長がアリバイについて訊いた。

「わたしは布施さん殺しには関係ないよ。動機もないしね」

浜尾はにやっと笑っておもしろそうに答えた。

「いや、布施さんをご存じの方、皆さんに伺っているんですよ」

表情を変えずに康長は言った。

「六日の月曜日ねぇ。ああ、思い出したよ。その日は六時くらいから家内と買い物に行っていた。隣の中央林間にね。七時から九時くらいは駅から五分くらいの《トレヴィ》っていうイタリア料理店にいたよ。馴染みの店なんで、オーナーシェフや奥さんに訊いてもらえばわかるよ。ペポーゾもトリッパもなんでも美味い店だ。ぜひ一度訪ねてみてくれ」

ニコニコしながら浜尾は答えた。

「そうですか。わかりました」

康長は淡々とした表情であごを引いた。

春菜たちは丁重に礼を言って、浜尾をつきみ野の駅まで送っていった。

## 2

浜尾の姿が改札口のなかに消えたのを見て、春菜は康長に言った。

「浜尾さんには怪しい点は感じられませんでしたね」

「ああ、あの人はなにひとつウソはついていないと思う。アリバイの裏を取る必要もないくらいだ。もちろん裏取りはするがね。彼は事件とは無関係だろう」

康長ははっきりとした口調で答えた。

「わたし、佐久山さんと寺崎さんのふたりにもう一度話を訊いてみたいんです」

春菜の言葉に康長は厳しい顔でうなずいた。

「ふたりともちいさなウソをついている。佐久山は沼田教授が布施さんを強く非難していたことを知っていたのに黙っていた。寺崎は沼田教授に特別にかわいがられていたのに、とくに親しくなかったと言っていた。話を訊くべきだ」

康長は眉間にしわを寄せた。

「佐久山さんの沈黙で確信したんですけど、どう考えても沼田教授の事故と今回の箱根の事件の間にはつながりがあると思うんです」

自信を持って春菜は言った。

「そう思わないヤツは刑事を辞めるべきだな。しかし、どんなつながりかは、少しも見えてこない」

康長は渋い顔を見せた。

「たしかに……でも佐久山さんと寺崎さんからきっとなにかが引き出せます」

春菜は確信していた。

「佐久山はアリバイなし、寺崎にはアリバイありだから、まずは佐久山からいくか。細川はそのまま県警本部《カイシャ》に帰れるしな」

せっかくの康長の厚意だが、春菜は首を横に振った。

「わたし、今日のうちに寺崎さんにも会っておきたいんです」

浜尾からの話を聞いて、なるべく早く詩織に会わなければと春菜は思っていた。

「仕事熱心だな。あの班に戻っても楽しいわけじゃないしな」

康長はにやっと笑った。

「そ、そういうわけでもないですけど」

図星の部分もあって、春菜の舌はもつれた。

「アポとってみてくれ」

「了解です」

春菜は昨日もらった名刺から登録してあった詩織の携帯番号に電話した。

だが、圏外・電源オフ時のメッセージが返ってきた。

春菜はＳＭＳで、自分あてに電話がほしい旨のメッセージを送信した。

「つながらないか」

康長が訊いてきた。

「ええ、でもメッセージも送りましたので。電車降りたら、また電話してみます」

春菜は元気よく答えて改札口へと歩き始めた。

今日は専門捜査支援班に戻る気はなかったが……。

つきみ野からまずは田園都市線であざみ野に向かう。

幸い上りは空いていて、ふたりは座ることができた。

春菜は黙って事件のことをずっと考え続けていた。

あざみ野からは、市営地下鉄ブルーラインで、伊勢佐木長者町へと向かう。四〇分ほどで到着するはずだ。

《ステーショナリー・サクヤマ》は関内より伊勢佐木長者駅のほうがずっと近い。

あざみ野が始発駅なので、またも座ることができた。

隣の中川駅を過ぎた頃に、康長は居眠りを始めた。

春菜は専門捜査支援班にいるはずの大友にメールした。

――お疲れさまです。火曜日に大友さんが仙石原の別荘で撮った写真を送ってもらえないでしょうか。

――お疲れぇん。いま送りますよん。

大友はメールでもこの調子だが、すぐに圧縮ZIPを送ってくれた。

春菜は建物外観の写真を何度か見直した。

いったんスマホをしまって、春菜は携帯用のモレスキン・ラージ・ソフトと水性ボールペンを取り出した。

今回わかっている人間関係などを次々に書き込んでゆく。

ふたたびスマホを取り出して大友が撮った写真を見直す。

モレスキンを見ているると、頭の後ろで火花が散った。

「そうか……そういうことか」

春菜は独り言をつぶやいていた。

頭のなかに、今回の事件の構造が次々に浮かび上がってきた。

布施殺害事件と沼田の事故についてのさまざまな要因が有機的につながってゆく。

人から人への恨みのベクトル、沼田はなにを憎んでいたのか、アリバイ、現場の書斎、残されたメモ、壊されたアルコバレーノ、凶器のサエッタが持つ意味、殺害手段……。

春菜は自分の仮説を何度か検証してみた。

間違っているという気がしない。

まさかとは思うが……あらたな危険が生ずるおそれもある。

もどかしい思いで春菜はホームに降り立つと、ふたたび詩織に電話した。

電車に乗る前と同じく彼女の電話はつながらなかった。ＳＭＳの返信も入ってはいなかった。

「寺崎さん、やっぱり電話に出ません……」

冴えない声で春菜は言った。

「そうか……今夜は会えないかな」

そばで待っていた康長は顔色を曇らせた。

「ちょっと話を聞いてもらえますか」

春菜の表情が真剣だったのか、康長は厳しい顔つきでうなずいた。

「ああ、そこのベンチに座ろう」

数メートル先の黄色いベンチにふたりは並んで座った。

「あの……あくまでもわたしの考えに過ぎないんですが。まず考えたのは動機です……」

慎重に春菜は話し始めた。

予断に満ちている仮説なのだが、康長は異論を差し挟まずに聞いている。

春菜が話し終えると、康長は大きくうなった。

「ありうるが……突飛な仮説だ」

康長は大きく息をついた。

「でも、わたしにはそんな構図が見えてくるんです」

「大胆な仮説だな。自信はあるのか」

眉間にしわを寄せて康長は念を押した。

「はい、佐久山さんを問い詰めれば、明らかになることが少なくないと思います」

春菜ははっきりとした口調で言った。

「まかせろ、あいつが隠していることをぜんぶ吐かせてやる」

康長は力強く言い切った。

ふたりはベンチから立ち上がって歩き始めた。

春菜は息を弾ませて、出口に向かう階段を上っていった。

伊勢佐木町通りへ出ると、《ステーショナリー・サクヤマ》まではわずかな距離だ。

薄暗くなりかけている店の外観はこの前と変わらない。

春菜たちは引き戸を開けて店内に足を踏み入れた。

「すみませーん」

春菜が最初に声を発した。

しばらく返事はなかった。

ガラス戸の向こうに人影はなかった。

「はぁい」

寝ぼけたような声で答えたのは二〇代半ばくらいのエプロンを掛けた女性だった。

化粧っ気がなく、長い黒髪を後ろでひっつめている。

薄紫色のセル縁メガネはきまじめな雰囲気を醸し出している。

「県警の浅野です」

「同じく細川です」

ふたりはそろって警察手帳を提示した。

「ええっ」

店員の女性は大きく身を引いた。

「ご主人にお会いしたいのですが」

康長は静かな声で告げた。

「あの……社長でしたらいませんけど」

女性は冴えない声で答えた。

「どこへ行かれたのですか」

いくらか強い声で康長は訊いた。

「詳しいことはわからないです。わたしには八時の閉店時間になったら、店を閉めて帰れとだけ言い残しました」

ぼそぼそとした口調で女性は答えた。

「では、見当はつきませんか」

康長の声がさらに強くなった。

「えーと、三〇分くらい前に電話が掛かってきて、誰かに呼び出されたみたいですけど」

「では、出かけて間もないのですね」

「出かけたのは二〇分くらい前でしょうか」

「相手はどんな人でしたか」

「社長が電話とったんで、それはちょっと……」

女性はあいまいな顔で、おぼつかなげに答えた。

「行き先はわかりませんか」

「いいえ……あ、別荘って言葉が聞こえました。どこかはわからないですけど……」

女性は困ったような顔で言った。

「本当ですか、社長さんはたしかに別荘という言葉を口にしていたのですね」

康長は珍しくいらだっている。

春菜もつま先立ちしていた。

「あ、はい」

女性はあわてたようにうなずいた。

春菜の背筋に冷水を浴びせられたような感覚が走った。

別荘という言葉はほぼ間違いなく、仙石原の布施の家を指しているに違いない。

いったい誰が佐久山を呼び出したのか。

春菜の仮説では、寺崎詩織以外にはなかった。

「浅野さん、すぐにあとを追いましょう」

声を震わせて、せわしなく春菜は言った。

「ああ、そうだな、失礼しました」

女性に頭を下げると、康長は大股に歩いて店を出た。

「タクシーだ。タクシーで本部に戻って面パトを借りよう。近くに伊勢佐木町のタクシー乗り場がある」

康長は春菜を振り返って声を張り上げた。

「そうですね、走っても時間掛かりますし……」

ここから県警本部まではかなりの距離がある。走って帰るのは得策ではない。

県警本部は、みなとみらい線の日本大通りが最寄り駅だ。だが、ブルーラインとみなとみらい線の接続は悪い。いったん横浜まで出なければ乗り換えられないのだ。

結局、本部を覆面パトカーで出発したのは、店を出てから三〇分以上経ってからだった。

佐久山が店を出てから五〇分以上経過していた。

いくら赤色回転灯をまわしサイレンを鳴らしても追いつけるはずがない。

「わたし、すごく嫌な予感がするんです」

自分を襲う不安感を春菜は正直に口にした。

「細川は勘がいいからな」

康長は低くうなった。

「とにかく、仙石原ですね」

はやる気持ちを抑えて春菜は言った。

「ああ、サイレン鳴らしてくよ」

本部の前を走る海岸通りに出るとすぐに康長は回転灯とサイレンのスイッチを入れた。

「佐久山が現場の別荘に呼び出されたとなると……ヤバイな」

面パトが首都高横羽線に乗ると、康長はこわばった声で言った。

「はい、詩織さんは決着をつけようとしているんだと思います」

不安いっぱいに春菜は答えた。

「大磯の沼田教授の事故は事故ではなかった。布施は『人として許されない』行為をしていた」

ステアリングを握る康長は厳しい声を出した。

「そうです。沼田教授は『万年筆愛好家の風上にも置けない』と憤っていたのですから、万年筆に関する何らかの不正に違いありません。沼田教授は布施を告発しようとしていたのだと思います。そこで布施は沼田教授を事故に見せかけて殺した」

暗い声で春菜は答えた。

「あの爆発事件も佐久山が共犯だった。おそらく、万年筆に関する不正も布施と佐久山は共犯関係にあったんだな」

康長は低い声でうなずいた。

「はい、その事実を詩織さんは知ってしまった」

かすれた声で春菜は言った。

「復讐の念に燃えて寺崎は布施を殺した」

暗い声で康長は言った。

「彼女は今度は佐久山を狙っているに違いありません」

春菜の声は震えた。

「間違いない。危険が迫っている」

康長の声は緊張感と使命感で張り詰めていた。

国道１３８号から県道７３１号の旧道に入る前に、人家の途絶えた細道を進むと、シルバーのワゴンＲが道左端に車体を寄せて駐まっている。

横浜ナンバーのレンタカーだった。

「あのクルマが怪しいな」

康長はワゴンＲをちらっと見てつぶやいた。

付近の住人がこんな場所に路上駐車するはずがない。

「別荘まであとどれくらいですか」

引きつった顔で春菜は訊いた。

「そうさな、九〇メートルだ」

康長は落ち着いた声で答えた。

「わかりました」

彼にだって正確な距離はわかるはずがない。春菜の動揺を気遣ってくれているのだろう。

どうかなにも起きていないでくれと春菜は祈った。

それから一分ほど走ったところで、康長は路肩に面パトを駐めた。

「ここからは歩きだ。相手に気取られたくないからな」

康長は静かにドアを開けてアスファルトの路面に立った。

春菜もこれに続いた。

虫の声がまわりの林から春菜たちを取り囲んだ。

ふたりは足音を忍ばせて、別荘の方向に歩き始めた。

前方左手の闇のなかに、灯《あか》りの点《つ》いた建物が浮かび上がった。

ようやくたどり着いた。

別荘に誰かいることは間違いがない。

どういう手段かはわからないが、鍵を開けた者がいるのだ。

やはりここで間違いなかった。

しかし……ふたりは無事なのだろうか。

春菜の心臓は恐ろしいスピードで拍動していた。
別荘の前には佐久山が乗ってきたと思われる小型車が駐まっていた。

3

建物裏でビシッというような音が響いた。
「聞こえました？」
康長の耳もとで春菜は囁いた。
「ああ、聞こえた。裏へ回ろう」
息を詰めるようにして、春菜は建物の角を曲がった。
春菜は必死に暗闇に目を凝らした。
別荘北側の林にひときわ目立つケヤキの木が立っている。
まるい樹冠を支える太い横枝に両脚を置く黒い影が浮かんできた。
いた……。
建物内からの灯りで木の上の人物の姿がはっきりした。
予想に違わぬその姿に春菜は鼻から息を吐いた。

悪い予想は的中した。
春菜の推理は当たっていたのだ。
小柄な女性が両手で武器を抱え持っている。
寺崎詩織だ。
複雑な形状からして、おそらくはボウガンだ。
距離はおよそ五メートル。
直撃すれば、矢は春菜の胸を貫くだろう。
隣に立つ康長が腰のホルスターから拳銃を抜いた。
春菜は覚悟を決めて二本の足を軽く開き、通路の砂利を踏みしめた。
「詩織さん」
低い声で春菜は呼びかけた。
反射的に詩織は春菜に武器を向けた。
隣で康長が舌打ちする音が聞こえた。
「細川さん……」
かすれ声で詩織が答えた。
「そう、春菜って呼んで」

ボウガンは春菜の胸を狙っている。

春菜の全身はこわばっていたが、必死で詩織のこころに呼びかけた。

「なにしに来たの」

不愉快そうに詩織は訊いた。

「あなたと話すために来たの」

震える声を抑えながら、春菜は本当の気持ちを伝えた。

「余計なお世話よっ」

激しい声で詩織は叫んだ。

「武器を捨てて投降しなさい」

静かな声で康長は警告を発した。

「浅野さん、拳銃でわたしを撃ったら、瞬間に細川さんの生命《いのち》が終わる。わたしは心臓が止まっても矢を放つ」

冷静な口調で詩織は言った。

「そんな脅しには乗らないぞ」

康長は威嚇《いかく》するように銃を構え直した。

「ビュッ」

いきなり風切り音が響いた。

春菜の肩の上を流星のように矢が飛んでいった。

「うわっ」

矢は背後の別荘の板壁に突き刺さってビヨンビヨンと震える音を出した。

「いまのは威嚇。次は春菜さんの胸にいくよ。言っておきますが、このボウガンは三秒間隔で連射ができます。いますぐに二射目が撃てる。競技用ではなく狩猟用」

淡々と詩織は言った。

「そんなことをしている間に、佐久山が逃げてしまうぞ」

「ふくらはぎに一本突き刺さっているから、痛くし逃げられないでしょうね。少なくともクルマで逃げることは絶対にできない。あの男は書斎に転がっているよ。この場所からはよく見える」

平然と詩織はうそぶいた。

「早く治療しないと」

気遣わしげに春菜は言った。

「冗談言わないで。わたしはあのクソ男の息の根を止めるためにここにいるのよ」

詩織は吐き捨てるように言った。

しばしの沈黙が漂った。

まわりからコオロギやカネタタキの鳴き声が響いてくる。

「わたしにはあなたの苦しみがわかる」

ゆっくりと春菜は言葉を発した。

「わかるわけないでしょ」

不愉快そうに詩織は答えた。

「お願い、武器を捨てて。それじゃ話もできない」

春菜は静かな声で呼びかけた。

「バカ言わないで。ここまであいつを追いつめたのに」

詩織は歯を剥き出しにした。

「詩織さんにはわたしは撃てない」

春菜はゆっくりと歩み寄っていった。

「近づかないで！」

激しい声で詩織は叫んだ。

「そうはいかないの」

「ほんとに撃つからね」

低い声で詩織は恫喝《どうかつ》した。

「詩織さんはそんな怖い人じゃない」

やわらかい声で春菜は答えた。

「春菜さん、あなたは甘い」

言葉が終わらぬうちにビュイッと風を切り裂く音が響いた。

左の二の腕に痛みが走った。

「細川っ」

康長の悲痛な叫びが響いた。

どうやら矢が腕をかすったらしい。

だが、皮膚を少し削いだだけだ。たいしたことではない。

「最後の一矢は胸にいくよっ」

詩織は強い口調で言った。

殺す気がないとしても、詩織が本気で春菜を撃とうとしていたら脚を狙うだろう。

動きがとれなくなるはずだ。

「浅野さん、拳銃をしまって」

春菜は背後に立つ康長に声を掛けた。

「バカなことを言うなっ」

康長は噛みつきそうな声で答えた。

「お願い。銃をしまって」

静かな声で春菜は繰り返した。

「そんなことできるわけないだろっ」

康長は叫ぶように言った。

「しまって」

春菜は強い口調で繰り返した。

「細川を危ない目には遭わせられない」

自分を心配してくれる康長には申し訳ないが、拳銃の銃口が詩織に向いていてはふたりのこころが通い合うことはない。

心を閉ざしている詩織は非常に危険な状態にある。

ここは自分の力で、詩織に武器を捨てさせるしかない。

「詩織さんがわたしを撃つときはあきらめます。だけど彼女はそんな人じゃない。愛する人を奪われた苦しみを背負っているだけ」

春菜の言葉に、詩織はのどの奥でかすかな音を立てた。

わずかに沈黙が漂った。

「……わかった」

康長が拳銃をしまう気配を感じた。

「そこで止まるのよ。それ以上近づかないで……」

詩織の声はわずかに弱くなった。

いまがチャンスだ。

「ごめんねっ」

言うなり、春菜は跳躍した。

耳もとで風がうなった。

詩織の立つ枝は約一・三メートル。

自分としては楽勝の高さだ。

春菜は右足で詩織の白いスニーカーを蹴った。

「うわっ」

詩織は叫びながら、ボウガンを手放した。

次の瞬間、詩織の身体はケヤキから転げ落ちた。

藪に尻餅をついた詩織の身体に春菜は覆い被さった。

右腕を後ろへねじ上げる。

「痛い、痛いよっ」

詩織は悲鳴を上げて身をよじらせた。

「ごめん……。手錠掛けるよ」

春菜は素早く手錠を取り出して、ねじ上げた右の手首に掛けた。

草むらの音を立てて康長が駆け寄ってきた。

「ここは大丈夫ですから、浅野さんは佐久山を」

春菜はせわしなく言った。

「そ、そうだな」

康長はあわてて走り去った。

ケヤキの幹を背にして、草むらに詩織を座らせた。

「詩織さん」

春菜が呼びかけても詩織はそっぽを向いて黙っていた。

「わかる？　わたしがなんでいまここにいるのか。少し遅れちゃったけど、わたしはちゃんとここで詩織さんに会ってる。あなたがここにいるって思ってたから。どうしてだと思う？」

「そんなこと知るわけないじゃない」

ふて腐れたように詩織は答えた。

「あなたの悲しいストーリーを辿ってみたの」

短い沈黙があった。

「わたしのストーリー……」

驚いたように春菜を見て、詩織は言葉をなぞった。

「そう、詩織さんはわたしにカプリ島の隠しアトリエのストーリーを話してくれた。でも、あなたはもうひとつのストーリーを持っていた……あまりに悲しい苦しいストーリー。わたしはそれを辿ってみた。これから話すから、間違ってたら教えて」

春菜は懸命に詩織のこころに呼びかけた。

「まず、悲劇の始まりは今年の三月四日。沼田先生の事故のこと……あれは事故ではなかった。詩織さんは沼田先生の嗅覚が衰えていることを知っていた。でも、佐久山も知っていたのでしょう。それで佐久山は先生の工房を訪ねて会話をしているうちに先生の目を盗んでホースにちいさな穴を開けた。ガスの漏出に時間が掛かるよう計算してね。佐久山は先生に万年筆の調整を頼んだ、それもグラインダーでの研磨が必要な修理を。これは想像だけど、修理を頼んだ万年筆はサエッタだったのではないかな。ステンレスの一枚板で作ったペン先を研ぐのは大変でしょうし、大きい火花も飛ぶからね。詩織さん、あなたはそのサエッタを、火災事故現場で拾ったのではないの？」

春菜が問うと、詩織は大きくうなずいた。

「その通りよ。事故から一ケ月ほどして、お花を供えに行ったときに、爆風で飛んでくしゃくしゃになったサエッタを先生のお宅の敷地から見つけたの。消防も警察も気づかなかったみたいね。あるいは気づいても、意味のない物として放っておいたのかもしれない。あのサエッタはペンポイント付近はすっかり研ぎが出ていた。見事に鋭く輝いていた。なのに両サイドの研ぎが甘くて調整が必要だった。あんなおかしな状態の万年筆を誰が持ち込んだのか。考えているうちに見えてきた。誰かが修理依頼を装って持ち込み、プロパンガスのホースを突いて穴を開けたのはこのサエッタだって。わたしが先生の事故に疑いを抱いたのはこのときだった。きっと先生は殺されたんだと疑い始めたの」

詩織は冷静な口調を保とうとしている。そう春菜は感じた。

内心では泣き叫びたいはずだ。

彼女はやはり強い意志を持った女性だと春菜はあらためて感じた。

「佐久山はなんでサエッタを持ち帰らなかったのかな」

素朴な疑問だった。犯行の証拠になりかねないのだ。

「はっきりはわからないけど、手もとが狂って落としたのに、拾う時間がなかったのかもしれない。佐久山は年寄りだからね。それにウカウカしてたら、自分の工作がバレちゃうじゃない。沼田先生の仕事場って床にいろいろなものが転がっていたから。雑誌とか本とか、アクリル・レジンのアルミの棒材とか、修理をあきらめた万年筆とか。先生って、そういうところはだらしなかったの。だから転がっているものの間に紛れ込んじゃったんじゃないかな。どうせ燃えると高をくくっていただろうし……」

詩織はかすかに笑った。

「では、なぜ佐久山は沼田先生を亡きものにしたか。ここの別荘に残っていたペン先が折れたアルコバレーノが関係していると思う。どう、詩織さん」

春菜はふたたび詩織に問うた。

「あんな粗雑な金属彫刻、贋物《がんぶつ》以外の何物でもないでしょ。わたしは沼田先生がかつて持っていた本物をさわったことがある。一見うまくできていてもニセモノはニセモノ。気品がまるで違う」

詩織は顔をしかめた。

「わたしは布施が、あのアルコバレーノを偽造させたんだと思っているんだけど」

春菜の言葉に、詩織は我が意を得たりとばかりにうなずいた。

「その通りよ。布施は商社マンとして中国にいた時期が長かった。だから中国の弱小万年筆メーカーともつきあいがあった。そんな弱小メーカーに贋物を作らせたのよ。ヨーロッパでは布施が直接売りさばき、国内の売りさばき役が佐久山だった。何本作ったかは知らない。仮に五本としても四〇〇〇万円、一〇本作れば八〇〇〇万円。経費を差し引いてもぼろもうけができる。ところが、去年の秋くらいにローマ在住の富豪の愛好家が沼田先生に相談してきた。自分が入手したアルコバレーノがニセモノかもしれないと言ってきたの。ローマからの写真だけで沼田先生は気づいた。それを伝えると、富豪は航空便でニセモノを送ってきた。やはり紛れもないアルコバレーノの贋物だった。富豪とのやりとりで布施が関与していることを知った沼田先生は布施を問い詰めた。布施はとぼけて逃げまくったそうよ。で、先生はまさか佐久山が関わっているとは知らないから、その話を佐久山に相談した。そしたら布施と佐久山は自分たちが告発されることを怖れて、ふたりで沼田先生を殺害する計画を練り始めた……」

暗い声で詩織は言葉を途切れさせた。

建物の表側でガラスが割れる音が響いた。

室内に入るために、康長がガラス戸を割ったものに違いない。

すでに康長は応援を呼んでいるはずだ。

「布施を殺したことも、佐久山を殺そうとしたことも、すべては沼田先生を無残に奪われたことへの復讐だったのね」

　春菜の問いに詩織は黙ってうなずいた。

　だが、どこか春菜には釈然としないものがあった。

「そんなに重い罪を背負うほど、あなたにとって沼田先生は大切な方だったの？」

　素直な疑問を春菜は口にした。

「だって沼田先生、いえ、アキじいはわたしの愛するおじいさまなのよ」

　詩織はさらりと奇妙なことを言い出した。

「え……」

　春菜は絶句した。いったいどういう意味だろうか。

「あたしね、中学生のときに平塚の湘南平《しょうなんだいら》で自殺しようと思ってたんだ。飛び降り自殺しようとしたとこをアキじいに救われて、人生やり直せたんだもん」

　詩織は重い事実を軽い口調で言った。

「なんで自殺なんか」

　春菜は乾いた声で言った。

「あたしの家ってさ、とんでもない崩壊家庭だったんだ……」

詩織はつぶやくように言った。

「そうだったの」

春菜は低くうなった。

「あたしが小学校の三年生くらいのときからパパは暴力を振るい始めた。ちょっとしたことで、パパは怒り出して暴力を振るうようになったんだ。最初は間接暴力から始まった。電気スタンドやリビングの椅子なんかをひっくり返すとかさ。ご飯食べてるときに食器投げつけるとかね」

表情を変えずに、詩織は言葉を継いだ。

「そのうちに、ママやあたしを殴るようになった。ママはしょっちゅう殴られてたし、あたしだって殴られて目のまわりがパンダみたいになっちゃったこともあるんだよ」

笑みを浮かべて自分の顔を指さす詩織に、春菜の胸は痛んだ。

「お酒飲んで暴れたの？」

春菜の問いに、詩織は首を横に振った。

「酔っ払っているときもシラフのときも、ちょっとでも気に入らないことがあると暴れるんだ。だけど、ママはパパになにひとつ反撃できなかった。ママは頬の骨を折られてから口答えひとつできなくなっていた。あたしのことも助けようとはしなかった。あたしがパパに殴られていても、いつもボーッとしてなにも言わないんだよ。その頃、ママは壊れかけていたんだと思う。パパがお酒飲んで寝ちゃうと、ママのところへ行ってずっと腕とかお腹とか撫でてたの」

「詩織さんは、やさしかったんだね」

ちょっとうつむいて、詩織はふたたび首を横に振った。

「あたしはママが死んじゃうんじゃないかって心配でならなかったんだ。あたしはひとりっ子だったから、ママが死んじゃうとパパとふたりになっちゃう。そんなこと考えたら、怖くて怖くてね……とにかくママには無事でいてほしかったんだ。だけどね、天罰っていうんだろうね、あたしが中二の夏に、パパは交通事故で死んじゃったんだ。国道1号の平塚駅に近いところを歩いてて、酔っ払い運転のオヤジのクルマに轢かれたんだよ。あたしはほんとにホッとした。これでもうつらい毎日から解放されるってね」

詩織は大きく顔をしかめた。

「解放されたんじゃないの？」

「あのね、パパが死んだら、ママがおかしくなっちゃったのよ」

「お母さんが……どうして？」

春菜は首を傾げた。

「慰謝料や生命保険がドサッと入って、ママは別人になっちゃった。着飾って浮かれちゃってさ、毎晩のようにどこかに出かけるようになったんだ。あたしを放り出してね。夕飯だって作ってくれないから、あたしはママがタンスにしまっていたお金を適当に持ち出して、コンビニでお弁当買って食べてた。朝もいなかったり寝てたりしたから、コンビニのおにぎり……あたしがなにしてるかもあんまり関心なかった。ママはあたしがお金を持ち出してもなんにも言わなかった。お金はあったから毎日コンビニでも平気だったんだ」

詩織は暗い顔で答えた。

「解放されたのは、お母さんだったんだね」

春菜は驚いて答えた。

「解放っていうか、糸の切れた凧《たこ》だよ。しばらくすると、次々に変な男を引き込んでくるようになってさ。ぜんぶで三人だよ……ところがね、そいつらって、そろいもそろってロクでもない男ばっかりでね。お金目当てでママに近づくヤツばっかりだったんだ。見え透いたおべんちゃら言ってママを喜ばせて小遣いをせびっているような人間のクズだよ。そのうえ、あたしには……」

顔を大きくしかめて詩織は言葉を継いだ。

「すごくひどいことした。思い出すだけでも吐き気がする」

「もしかして……」

春菜の声はかすれた。

「そう、性的な暴力を振るわれそうになってたんだ、何回もね。どいつからもいつも逃げてたけど、三人ともだよ。信じられない」

腐ったものを口にして吐き出したような顔つきで詩織は言った。

「そう……だったの」

春菜は言葉を失った。

「あたしは自分の部屋にはガッチリ鍵掛けてたし、トイレのときもめっちゃ気をつけてた。シャワーは家に誰かいるときは絶対に入らなかった。あたしはね、またまた不幸の谷間に突き落とされたんだ。ママは見て見ぬ振り。あたしのことなんてどうでもよかったんだ」

ひどく暗い声だった。

どんな言葉を選んでいいのか春菜にはわからなかった。

「すごく勇気出してひとりで警察にも行った。だけど、きちんと相手してくれなかった。ママを呼び出して事情聞いて児童相談所に話を送って終わり。児相も話は聞いてくれたけど、なんにもしてくれなかった。ロクデナシの男たちには、いっさいおとがめなし。おまけにママが家に帰ってこなくなった。その頃つきあってた男のところに転がり込んだんだ。家に戻ってくるのは週に一、二度だけ。あたしはほとんどひとりで暮らしてた」

詩織はあまりにも悲しい過去を話し続けた。

江の島署生活安全課の防犯少年係に所属していたときに、春菜はこうした家庭を嫌というほど見てきた。

警察も児相も大きな力になれないことをよく知っていた。

こうした少年たちが犯罪に手を染めてしまうことは珍しくない。

自分なら、もう少し詩織に寄り添えただろう。

「ごめんなさい。せっかく詩織さんが勇気を出してくれたのに、警察が力になれなくて」

春菜は頭を下げた
「なに言ってんの。春菜さんのせいじゃないじゃん」

かすかに詩織は笑った。

「警察は詩織さんにもっと真剣に向き合うべきでした」

春菜は詩織の目を見て言った。

詩織はしばらく春菜の顔を見つめていたが、やがて表情を曇らせた。

「あたしはママに捨てられたんだ……この世の中にいいことなんてなにもないって思った。だから、あたし、もう人生に絶望してさ、死んじゃおうと思ったんだ」

変わらぬ淡々とした口調で詩織は言った。

「なにかきっかけがあったの？」

春菜の問いに詩織は静かに首を横に振った。

「きっかけなんてたいしたことじゃない。中三のとき……ママがね、あたしの誕生日忘れてケンカになったんだ。あたし、一〇月四日生まれなんだけど、その日もママはどこかに出かけたままだった。でも久しぶりに夜遅く帰ってきたから、あたしの誕生日覚えてたんだって思って、すごく嬉しくなったの。さすがにお腹を痛めた娘の誕生日は覚えてるんだって……。だけどさ、プレゼントくれるわけじゃないし、おめでとうも言わない。なんかヘンだなって思ったから『今日がなんの日かわかる？』って聞いたんだ。そしたら、ずっと黙ってボーッとしてるんだよ。その顔見てたらメチャクチャ腹が立ってきて、部屋にあるいろんなもの投げつけて家を飛び出したんだ。どこをどう歩いたのかわからない。あたし、いつの間にか湘南平の展望台にいた。新しいのじゃなくて赤白の電波塔のほう……入口の鉄扉閉まってたけど柵を乗り越えてさ、階段を上ってぼーっと夜景見てたんだ。あたりには誰の姿もなかった」

「夜景がきれいなところなの？」

相づちを打つこともできなかった春菜は、間の抜けた問いを発した。

「うん、平塚からね、茅ヶ崎、藤沢にかけての夜景がすごくきれいなんだ。ぼんやりと見てたら、なんかスーッと吸い込まれそうな気になってきてさ。夜景に向かって飛んでいきたくなったんだよ。もういいや、このまま飛んじゃおうって思って……」

詩織は低い声で言った。

「でも、思いとどまったのね？」

春菜の言葉に詩織はかるくうなずいた。

「本気で死ぬつもりだったんだ。展望台の柵に脚を掛けて飛ぼうとした。そのまま飛べば、空を舞い飛べる気がしたんだ。あたし、柵に手を掛けた」

春菜はつばを呑み込んだ。

「そのとき、真下から誰かが『おーい』って呼びかける声が聞こえたの」

「もしかして、沼田先生が……」

かすれた声で春菜は訊いた。

「そう、アキじいだったんだよ。アキじいは夜明けを見たくて展望台まで来てたんだ。それからなんて言ったと思う？」

詩織は面白そうに訊いた。

「危ないから下りてきなさい……とか？」

春菜の答えに、詩織は首を横に振った。

「ふふ『おーい、今朝は富士山見えそうかい?』だよ」

詩織は声を立てて笑ってから、言葉を継いだ。

「あたし力抜けちゃってさ。なんだか死ぬ気がなくなった」

話を聞いている春菜も力が抜けた。

「で、下りてったんだ。アキじいのところへね。アキじいは、さっきののんきな言葉とは違ってすごく悲しそうな顔をしていた。あたしがなにをしようとしていたかわかってたんだね。あたしたち、近くのベンチに座った。あたし、パパが死ぬ前からいままでのことを話したんだ。アキじい、ちゃんと聞いてくれたから。いままでの警察や児相の連中とは違うんだ。真剣な目で聞いてくれた。そんでね、大泣きに泣くんだ。顔中くしゃくしゃにして、なにも言わないで泣き続けるんだ。こんな人がいるんだって感激した。それからあたしはアキじいと一緒に明けていく海と空を見続けていた。そのうちに、もう少し世の中を知ってみたいって思ったんだよ。あたしが生きてるのはアキじいのおかげ……」

詩織の声は震えた。

「そうだったの」

沼田教授は詩織という不幸な少女のこころに真剣に寄り添おうとしたのだ。

「アキじいは子どももいないし、奥さんにも先立たれてひとりぼっちだった。たくさんの人に愛されて尊敬されていた人だけど、家族には恵まれなかった。だからか、あたしのことを娘か孫のように感じてくれたんだ。ママは相変わらず、男のところに入りびたりだった。あたしにはぜんぜん関心ないから、あたしはやっぱり一人で暮らしてた。だけどさ、ときどきロクでもない男がやってくるんだ。そんなときは大磯のアキじいの家までチャリで走って逃げ込んだ。あたしのシェルターになってくれたんだ。いつもアキじいはあたたかく迎えてくれた。あたしの話をいつもニコニコ聞いてくれた。アキじいと一緒にいると、世の中にこんなあったかいやさしい人がいるんだって感じた。世の中捨てたもんじゃないぞって思えたんだ。だからまじめに勉強しようと思った。だから、高校受験も頑張ったよ。高校で弓道を習ったのも強くなりたかったからなんだ。あたしが高二の秋に、ママはある男と結婚して大阪に行っちゃった。そのときに実家のマンションも売り払った。あたし、本当にスッキリしたよ。ママはあたしにその売却代金から相当な金額をくれた。ヘンな話だけど、ママからあたしへの手切れ金だよ。あたし、袖ヶ浜にアパート借りた。でもね、ひとりじゃないんだ。アキじいがついていてくれる。とにかくあたしはアキじいがいなければ死んでた。そうでなければ、とっくに犯罪者になってた」

ふと息をついてから、詩織は春菜の顔をまっすぐに見て言葉を続けた。

「あたしは絵が好きだった。幼稚園の頃にあたしがママの絵を描いたらすごく褒めてくれたから……ママが褒めてくれたから……」

あまりにも孤独なその顔を見て、詩織が母親を深く愛していることを確信した。

報われぬ母への思いが、詩織を深い孤独に追いやった。その孤独を救ったのが沼田教授だったのだろう。

「あたしは絵で食べていけるようになりたいって考えるようになった。あたしは美大を目標にした。美大に進みたいって言ったら、アキじいは全面的に応援してくれた。専門のイタリアをはじめ、たくさんの美術に接する機会をつくってくれた。上野の西洋美術館とかはもちろん、わざわざ倉敷の大原美術館にも連れてってくれて、セガンティーニやキリコ、モディリアーニも見せてくれた。もっともいちばん気に入ったのはギュスターヴ・モローの『雅歌』なんだけどね。とにかくいい絵画や彫刻をいっぱい見せてくれたんだ。武蔵美に合格したときは本当に喜んでくれた。お金もたくさん貸してくれた。出世払いだって、契約書もないんだよ。あたしは小平にアパート借りた。アキじいの影響で万年筆も好きになった。だけど、アキじいにほしいって言えばプレゼントしてくれちゃう。だから、マリーナピッコラは頑張ってバイトして買ったんだ。仕事に就いてからは借りたお金も少しずつ返していった。とにかくアキじいはあたしの親以上の存在だったんだ。それを布施と佐久山のヤツは……許せなかった。絶対に許せない」

詩織は歯を剝きだして叫び声を上げた。

「苦しかったね……でも……」

春菜には詩織の気持ちが痛いほどわかった。

しかし、それを認めることはできない。

「そう、社会的には許されることじゃない。わかってる。あたしは罰を受けなきゃならない」

冷静な口調に戻って詩織は言葉を継いだ。

「正直言うね、佐久山を殺せなかったことは悔しい。この気持ちはどうしようもないんだ」

眉間に深いしわを寄せて詩織は言った。

詩織は間違っている。だが、彼女の壮絶な人生を知り、沼田への深い愛情を知って、春菜にはいまの彼女を真っ向から非難する言葉が見つからなかった。

「この春さ、少しはイタリアの美術を勉強しようと半月の旅に出たんだ。ところが帰ってくる五日前にアキじいは殺された。あの悪魔のふたりにね。わたしは帰国してから、アキじいが殺されたって思ったから、必死で犯人を捜した。ヒントはあった。アキじいは何度か布施の話をあいまいな形で話してたから。『人として許せない』とか『どうにか尻尾《しっぽ》を摑みたい』とかね。そんな頃に布施がやめたから見当がついた。でも、まさかあんなひどいことするなんて……」

　どす黒い怒りが詩織を襲っていた。

「それから復讐を考えたのね」

　春菜の言葉に、詩織は顔をしかめてうなずいた。

「警察が当てにならないことは中坊のときから嫌ってほど知ってるからね。さっきも言ったけど、わたしが性暴力被害を訴えに行ってもいつも門前払いだよ。高校の時のおまわりなんてもっとひどかった。『あんたの方が誘ってんじゃないのか』ってな感じだった。だからわたしは警察を一切信用しない」

　つよい口調で詩織は言った。

　春菜にとってはあまりにつらい言葉だった。自分がその警官の立場なら……しかし、性暴力はともあれ、家庭内の問題に警察は首を突っ込めない。生活安全課が詩織の母親の行動に介入することは不可能だ。

「わたし、布施のようすを探りに、この別荘に何回も来てるんだよ。窓が開いていると中の会話もよく聞こえるんだ。それで、布施と佐久山がいろいろなことを勝手に漏らした。布施と佐久山はお金のことで揉めてた。佐久山は伊勢佐木町の店が火の車で少しでも金がほしかった。布施と自分の取り分がおかしいと、しょっちゅう文句言ってた。布施は相手にしなかった。贋作のアイディアを出したのは自分だって言ってね。布施は欲の皮が突っ張っているんだよ。とにかく、ここんとこは佐久山はしょっちゅう別荘に顔を出していた。だからいっそのこと、布施を殺してその罪を佐久山になすりつけようと思ったんだ。で、計画を練った。佐久山の予定を漏れ聞いて、決行日を六日って決めた。六日は亜利沙や麻衣香と食事する予定になってたからね。アリバイが作りやすかった。亜利沙たちに迷惑掛かるわけじゃないし」

詩織はのどの奥で笑った。

「わたし推理してみたんだよ。詩織さんがどうやって犯行を実現したか」

春菜は自分の考えを話してみたかった。

すでに詩織の感情は安定していた。

「聞かせて頂きましょうか」

おもしろそうに詩織は言った。

「あなたは九月六日の午後七時半にみなとみらいでのお誕生会が終わると、近くに駐めておいたクルマで一路この別荘を目指した。あなたの予想通りに佐久山は七時七分に入室し、三五分には退室している。布施と揉めた末にすぐ追い出されるような状態が続いていたんでしょう。入退室時刻を確認するために、この林のどこかにビデオカメラなんかをセットしておいたかもしれないね。で、あなたはかなり時間をおいてそのケヤキの木の上で、開いている高窓から布施をボウガンで狙い撃った。布施は穿通性脳損傷で短時間の内に死亡した。でも、わたしたちは電子キーの時間に惑わされてしまった。これでどう?」

春菜は詩織の顔を見て訊いた。

「さすがは春菜さんだね。でも、ボウガンはこれじゃない。サエッタを撃てるように改造した別のもの。連射は不可能なタイプ。わたしは布施と佐久山がアキじいを殺すために使ったサエッタをどうしても使いたかった。凶器のサエッタはアキじいと親交のあったイタリアの文具店が持ってたのを譲ってもらった。簡単なトリックでしょ。蒔田の森公園でずいぶん練習したんだよ」

詩織はちょっと得意げに言った。

彼女には布施を殺した罪の意識は皆目見られなかった。それを期待できないことが春菜には悲しかった。

「佐久山はたいしたケガじゃない。痛がってうなってるけどな」

いつの間にか康長が戻ってきた。

「ボウガンなんて持ち歩いて、近くの交番のパトロールに会ってたら逮捕されてたぞ。ボウガンの所持には許可が必要だ」

まじめな顔で康長は言った。

「そんなの知ってるよ。浅野さん、結局はマジイケオジだからな」

詩織は声を立てて笑った。

「マジイケオジ？」

康長は自分の顔を指さして首を傾げた。

「あ、ひとつだけ言い忘れた。あのメモを書いたインクね。ミラノの《イル・ラゲット》って言ったでしょ。日本に一本しかないと思うの。春菜さんに見せてもらった写真で、わたしもう一回腹立てちゃった。アキじいを大磯の工房で殺したとき、布施か佐久山が行きがけの駄賃で盗んだとしかあり得ないんだよ、なんて下劣なヤツら。殺して奪ったインクを平気で使うなんて、人間のこころを持ってるとは思えないよ」

詩織は吐き捨てるように言った。

「残った謎はアルコバレーノがなぜ折られたか、メモはどういう意味か、このふたつなのよね」

春菜は詩織の目を見て言った。

「もちろんあのアルコバレーノは贋物。布施が佐久山と口げんかしたときに興奮して机の上で捻じ折っただけのこと。メモの『カゼルタ』はアキじいのこと。布施はタチの悪い男だから、『カゼルタ』って書いて『おまえが沼田を殺したことを警察にバラしてやろうか』って脅してたんだよ。春菜さんの想像通り、わたしはこのケヤキの木に太陽光発電式の防犯カメラを仕込んでおいたんだ。あの高窓が閉められない限り、Ｗｉ－Ｆｉ経由であの書斎は監視できたんだ。布施と佐久山の関係は急速に悪化していた。もしわたしが手を下さなくても、布施は佐久山に殺されてたかもね……」

考え深げに詩織は言った。

そのとき遠くからサイレンの音が聞こえてきた。

パトカーと救急車の音が混ざって聞こえる。

「俺、ちょっと誘導に道に出てくる」

康長はあわただしくその場を去った。

ふたりに戻ると、虫の音が大きく聞こえてくる。

詩織は右手に手錠をしたまま春菜に抱きついてきた。

「春菜さん……」

淡いシトラス系のコロンがふわっと香った。

「どうしたの？」

春菜は泡を食って訊いた。

「わたしが中坊のとき、平塚署の少年係にいてほしかった」

涙声で詩織は言った。

「む、無理だよ。わたしの方が年下じゃん」

詩織の気持ちについてゆけない春菜はつまらぬ答えを返した。

「もしさ、あのときに平塚署に春菜さんがいたら、こんなにいびつな女になっていなかったかもしれない。アキじぃのおかげで生きてはこられたけど……」

淋しそうに詩織は言った。

「わたしにはそんな力ないよ」

春菜はいくぶんうろたえて答えた。

「わたしね、佐久山を一発で殺せなかった……だから足を撃ったんだ。春菜さんと浅野さんの顔が浮かんじゃって……殺せなかった」

弱々しい声で詩織は言った。

「ありがとう。なによりの言葉だよ」

鼻の奥がツンとした。

自分の存在が詩織を思い留まらせることができたのなら本望だ。

詩織はようやく身を離した。

「いつかまた会いたいな」

震え声で詩織は言った。

「わたしもだよ」

春菜は大きくうなずいた。

「わたしの新しいストーリーが生まれた……今夜」

春菜を見つめて詩織は真剣な声で言った。

「星がすごくきれい」

照れを隠して春菜は空を見上げた。

横浜では見られない無数の星が空一面に輝いている。

「もう秋だね」

しんみりとした声で詩織は言った。

「そう、これから寒くなる。でも、春は必ずやってくるから」

詩織が罪を償い再会できる日が一日も早くやってくることを春菜は祈った。

天穹《てんきゅう》を青白い流れ星が駆け抜けていった。

この作品は書き下ろしです。

# 神奈川県警《かながわけんけい》「ヲタク」担当《たんとう》　細川春菜《ほそかわはるな》6

## 万年筆《まんねんひつ》の悪魔《あくま》

鳴神響一《なるかみきょういち》

令和5年12月10日　初版発行

発行人――石原正康
編集人――高部真人
発行所――株式会社幻冬舎
〒151-0051東京都渋谷区千駄ヶ谷4-9-7
電話　03(5411)6222(営業)
03(5411)6211(編集)
公式HP　https://www.gentosha.co.jp/
印刷・製本―株式会社　光邦
装丁者――高橋雅之



幻冬舎文庫

ISBN978-4-344-43347-2　C0193　な-42-11